짧은 이야기 모음

철조망 바이러스

장소현 지음
사진 김인경

초판 1쇄 | 2021년 11월 25일 발행

지은이 | 장소현
펴낸곳 | 해누리
펴낸이 | 김진용
표지 사진 | 김인경
표지 글씨 | 장소현
표지 꾸밈 | 김인경
본문 편집 | 장미현
마케팅 | 김진용

등록 | 1998년 9월 9일(제16-1732호)
등록변경 | 2013년 12월 9일(제2002-000398호)

주소 | 서울특별시 영등포구 당산로 20길 13-1
전화 | 02-335-0414
팩스 | 02-335-0416
이메일 | haenuri0414@naver.com

ISBN 978-89-6226-123-3 (03810)

터벅터벅 50년 세월

내가 쓴 글이 공식적으로 세상에 처음 발표된 것이 1971년 5월이었다. 내 희곡 <일설 호질>이 극단 <상설무대>의 정기공연작으로 무대에 올랐다. 연암 박지원의 <호질>을 오늘의 현실로 옮긴 마당놀이 형식의 풍자극이었다.

의욕은 대단했지만, 제대로 된 극장도 아닌 아현동 고갯마루에 있는 허름한 공간에서, 친구들과 함께 창단한 신생 극단이 공연한 소박한 무대였다.

대학교 연극반에 미쳐 지낸 세월의 연속이었지만, 나를 극작가로 세상에 알린 것은 그때가 처음이었다. 아무튼 그 작품 덕에 세상이 나를 글쟁이로 인정해주기 시작했다. 50년 전의 일이다. 그러니까, 내가 글쟁이가 된지 50년이 된 것이다. 어느새…

이어서 모노드라마 <어스름 달밤>, 공해 문제를 다룬 2인극 <별따기> 등을 써서 공연했고, 1974년 탈놀이 <서울말뚝이>가 극단 <민예극장>의 인기 공연 작품이 되면서 제법 이름이 알려진 극작가가 되었다.

탈춤, 판소리, 굿 등 우리 전통 연희의 현대화라는 깃발 아래 극단 민예의 허규 선배를 비롯해 연출가 손진책 등과 죽이 잘 맞아 신바람 나게 놀던 정말 좋은 나날이었다.

내 평생의 스승 극작가 김희창 선생님을 만난 축복의 시절이기도 했다.

그 후로 나는 유학이네 이민이네 하면서 바다 건너 떠돌이 나그네로 살면서도 줄기차게 글을 썼다. 광고 문안, 신문 잡지 기사, 칼럼부터 시나 소설 같은 문학작품, 공연대본, 미술책에 이르기까지 가리지 않고 그야말로 닥치는 대로 써서 여기저기에 부지런히 발표했다. 그러니까, 나는 글을 써서 지금까지 먹고 살았고, 가정을 건사하고 아이들을 키운 '생계형 글쟁이'였던 셈이다.

그러다 보니 이런저런 책을 25권 넘게 발간했고, 50편의 희곡을 공연하거나 연극잡지에 발표했다.

딱히 내세워 자랑할 만한 책도 없고, 대단한 화제

작도 못 낸 허름한 글쟁이지만, 그래도 지금까지 쉬지 않고 꾸준히 글을 쓸 수 있었던 것을 감사하고 또 감사하고 행복하게 생각한다. 하늘이 주신 복이려니 여겨 허리 꺾어 절한다.

물론, 미안하고 아쉬운 마음이 없을 리 없다. 가득하다.

특히, 희곡을 계속 쓰지 못하는 것에 대한 죄의식이 크다. 구차한 변명을 하자면, 나그네 타향살이의 한계를 뛰어넘지 못한 것이다. 나는 희곡을 문학작품이라기보다 공연대본이라고 생각하며 써왔기 때문에 현실과 밀착하지 않은 글을 쓸 수도 없었고, 공연되지 못할 희곡도 쓰기 어려웠다. 항상 급하게 써야할 글이 밀려 있는 것도 문제였다.

그래도 이민 초기에는 상당히 많은 희곡을 써서 공연했다. 그나마 위안이 된다. 그때는 미주 한인연극계도 제법 활발하고 공연도 많았다. 가난했지만, 순수하고 생동감 넘치게 꿈틀거렸다. 그래서 나도 신나게 써댔다.

하지만 언제부턴가 이 동네 연극판이 메말라가기 시작하더니, 속수무책으로 모래바람 황량한 황무지가 되어버리고 말았다. 한국 무대를 떠난 지는 너무 오래 되었고, 내가 사는 동네에는 무대가 없어져 버렸다. 그렇게 공중에 떠버린 '왕년의 극작가'가 되어 버리고 말았다. 계속 부채의식을 느끼지만, 뾰죽한 방법이 없다. 물론 멋진 작품을 쓰고야 말겠다는 희망은 살아있다.

그건 그렇고…

그래도 명색이 50주년인데 혼잣술 몇 잔 마시며 나 스스로를 대견하게 여기는 것으로 넘기기엔 못내 섭섭했다. 그래서 주섬주섬 펴낸 것이 이 작은 책이다. 시도 아니고 소설도 아닌 어중간한 짧은 글을 추려 모은 것이다. 그나마 다행이랄까 써놓은 글은 상당히 많았다. 책 몇 권은 될 분량 중에서 고르고 골라 엮었다.

짤막하고 들쭉날쭉한 글들이지만 그래도 내 생각을 나름대로 정리하고 꾹꾹 눌러 담아 푹 익힌 작품들이다. 짧지 않은 세월 울퉁불퉁한 길을 타박타박 걸어온 나 자신에게 주는 글들이기도 하다.

지금 이 순간까지 내가 존재할 수 있도록 보살펴주신 모든 분들에게 드리는 감사의 마음도 차곡차곡 담았다. 감사의 절을 올려야 할 분들이 너무 많아서 여기에 한 분 한 분 거론할 재간은 도무지 없다. (무슨 시상식도 아니고…)

다만, 아무리 작고 하찮은 영혼이라도 혼자서는 존재할 수 없다는 진리가 새롭다. 그 간단한 걸 50년이나 걸려서 겨우 깨우쳤으니… 그나마 다행이지만, 어쩐지 많이 허전하고 쓸쓸하다.

이천이십일년 가을날
미국땅 나성골에서
장소현 큰절

차 례

첫째 마당
내 친구 발명왕

세상에 아직도 이렇게 맑고 깊은 사람이 있다는 건 희망이다.

꿈꾸러기는 아무튼 아름답다.

내 친구 발명왕이 바로 그런 사람이다.

꿈꾸러기 잠꾸러기
-내 친구 발명왕

내 친구 발명왕을 처음 만난 건 꽤 오래 전의 일이올시다. 그럭저럭 30년도 훨씬 넘었으니 결코 짧은 세월이 아니지요.

시작은 한 통의 전화였어요. 전혀 모르는 사이임에도 인사치레도 제대로 안 차리고 통성명도 없이 다짜고짜 용건부터 들이미는 통에 좀 당황했던 기억이 지금도 생생하군요. 뭐 이런 인간이 다 있나 싶었지요. 어지간히 성질이 급한 사람이라는 느낌이었어요.

"거, 시(詩) 하나 빌렸으면 해서 전화했소이다."

"시를 빌려요? 무슨 말씀이신지…?"

"아, 내가 지금 인류평화를 위해서 대단히 중요한 제품을 개발하고 있는데… 선생의 시가 좀 필요해서 말씀이야… 인류평화와 행복을 위한 일이니 좀 도와 주시라요."

"아 글쎄, 무슨 일인지 알아야 돕든지 말든지 하

지요. 도대체 무슨 일인지 알아듣게 찬찬히 설명하세요. 도대체 뭐가 인류평화에 도움이 된다는 겁니까?"

"아, 기거이 기르니끼니…"

잔뜩 흥분해서 두서없이 뒤죽박죽 중구난방으로 말하는 것을 알기 쉽게 간추리면, 대충 이런 내용이올시다.

나는 발명가다. 지금 <잠을 부르는 시(詩) 음반(CD)>이라는 획기적인 걸 만들고 있는데, 거기에 사용할 알맞은 시가 필요하다. 요사이 세계적으로 불면증 환자가 급격히 늘고 있는데, 이미 인류의 평화와 행복을 위협하는 수준이다. 그 원인은 세상이 자꾸만 복잡하고 지저분하고 위험하고 아리송하게 변하면서 생각과 고민이 많아지기 때문이다.

바야흐로 불면증은 인류의 평화와 행복을 위협하는 시한폭탄이다. 인간은 잠을 잘 자야한다. 잠을 자는 동안 뇌가 스스로 청소를 하기 때문에 잠을 잘 자는 것이 대단히 중요하다.

잘 아시겠지만, 불면증 환자의 대부분이 수면제를 복용하는데, 약에는 부작용이 반드시 있게 마련이다. 오죽하면 수면제가 자살의 도구로 쓰이겠는가!!

그래서 내가 인류의 평화와 행복을 위해서 새로운 해결책을 개발하게 된 것이다. 거두절미 간단히 설명하자면, 잠이 잘 안 올 때 시를 들려줘서 기분 좋게 양질의 숙면에 빠지도록 유도하는 것이다. 이것은 수면제 같은 부작용도 없고, 정신 건강에도 대단히 좋다.

그러니 시를 좀 제공해 달라. 인류의 평화와 행복을 위한 일이니, 협조해줄 것으로 믿는다.

"무슨 말인지 알아들으시겠소이까? 아, 시인이니끼니 제시까닥 알아들으시가꾸만…"

"일단 만나서 얘기합시다. 전화로 왈가왈부 하기는 좀…"

"아 조티요! 불감청이나 고소원이올시다레"

그렇게 해서, 두 사람 집 중간쯤에 있는 맥다방(맥도날드)에서 처음으로 역사적인 만남의 자리를 가지게 된 것이올시다.

실제로 만나보니, 전화로 대화할 때와는 달리 듬직한 안정감이 있고, 낯을 많이 가리고 부끄러움을 타는 사람이라는 그런 느낌이었어요. 이야기를 나눠보니, 생각보다 통하는 점이 많더구만요. 우선 동년배인데다가, 전공은 다르지만 같은 학교를 비슷한 시기에 다녔고, 마음도 잘 맞고 생각도 대동소이해요. 무엇보다도 편안한 겁니다, 오랜 친구를 만난 것처럼… 타향살이에서 그런 사람 만나기 쉽지 않죠. 반가웠습니다.

그 친구가 쑥스럽게 명함을 내밀더군요. 명함에는 '실패는 성공의 어머니'라는 글귀가 크게 쓰여 있고, 그 아래 작은 글씨로 '인류평화행복 발명가협회' 회장 겸 회원 아무개라고 부끄러운 듯 소박하게 인쇄돼 있었습니다. (본인의 희망에 따라 이름은 밝히지 않기로 한다.)

"인류 평화 행복 발명협회라? 허허, 거창하네요."

"챙피합니다. 이런 거 아주 딱 질색인데… 수상하게 보는 사람들이 더러 있어서… 아예 미친 놈 취급하는 사람도 많디요."

"그래… 잠을 부르는 수면제로… 내 시를 고른 무슨 특별한 이유라도 있는 지요? 궁금하네요."

그 친구가 커피를 한 모금 맛나게 마시더니 씨익 웃네요.

"내레 이걸 잘 만들고 싶어서 시를 엄청 많이 찾아서 읽었는데… 하나같이 어찌나 어려운지 원… 시라는 게 본래 그렇게 골치 아픈 겁니까?"

"그야… 시 나름이겠지요."

"내가 읽어본 시 중에선 선생의 시가 기중 어수룩합디다, 알아먹기 쉽고…"

"어수룩하다? 그러니까 시답지 않다는 뜻인가요?"

"아니 아니, 기른 거이 아니라… 잘 아시겠지만 이 맥도날드 커피가 값 싸고 어수룩해 보이지만 맛은 세상에서 최고라지 않습네까? 뭐 그런 뜻이올시다레. 기르니끼니, 쉽고 어수룩한 시가 편안하게 잠을 부르는 데는 제일이다… 기런 말이디요. 뭐랄까, 오마니 자장가처럼 편안하게 스스르르… 무슨 말인지 아시갔나요? 아, 시인이시니끼니 제까닥 아시갔구만!

아, 이 사투리는… 어릴 적부터 우리 오마니 아바지레 쓰시는 걸 들으면서 자라다보니 나도 모르게 이르케 튀어나오누만요. 듣기 불편하십네까?"

"아니, 듣기 좋네요. 편안해요. 나도 삼팔따라지 후손이라서…"

"아, 기르시구만, 반갑습네다! 삼팔따라지…"

듣고 보니 분에 넘치는 칭찬인 것 같아서 더 긴말을 못하겠더군요. 어머니의 자장가 같은 시는 내가 추구하여 마지않는 세계이니 더 할 말 없지요. 고맙고 감격스럽기도 하더군요. 한 번도 그런 칭찬을 받아본 적이 없었으니…

　"인류평화를 위해 내 시가 뽑혔다니 아무튼 영광이로군요. 그런데, 왜 하필이면 시인가요? 소설이나 수필 같은 글이 더 졸릴 것 같은데…"

　"직접 실험을 해보니까, 시가 제일 졸립디다. 왜 그런지는 잘 모르겠는데… 아무래도 소설이나 수필에는 이야기가 있어서, 들으면서 줄거리를 따라가느라고 뇌를 쓰는 바람에 잠이 도망가는 게 아닐까… 그렇게 짐작되는구만요. 왜 어렸을 적에 할머니나 어머니가 들려주는 옛날이야기를 들으면 잠이 오기는커녕 눈이 말똥말똥해지곤 했지요. 거기에 비해서 시는 바로 슬그머니 스며드는 것이… 아, 이건 물론 과학적으로 증명된 건 아닙니다. 오해 없으시기를!"

　"그렇게 따지면 음악이 한결 더 효과적이지 않소? 수면음악이라는 것도 많이 나와 있는 걸로 아는데… 태교음악이라는 것도 있고… 아, 아리랑 어때요? 그거 계속 들으면 잠이 저절로 올 것 같은데?"

　"참말로 좋은 말씀입네다. 내레 해보니끼니 정선아리랑이나 인제 뗏목아리랑처럼 가사가 긴 아리랑을 들으면… 잠이 올 것 같은데… 듣다보문 어딘지 한이 넘쳐서 처량한 느낌이 들고… 기래서 잠이 오기 전에 일어나서 술 한 잔 하게 되두만요. 술 한 잔

먹고 자면 좋겠는데… 술이 술을 부르고, 아리랑 가락이 술을 부르고… 정신 차려보면 먼동이 트는 겁네다. 허허…"

"허긴 그럴 수도 있겠네… 아, 그럼 자장가는 어때요? 어린 시절에 들었던 자장가… 조금 전에 어머니 자장가 이야기를 하셨는데…"

"기거야 제일 먼저 해봤지요. 기른데 자장가는 철저하게 일대일의 교감을 바탕으로 하고 있어서리, 보편성의 문제가 좀… 기르니끼니 갑돌이 엄마 자장가가 을동이한테는 안 통한다 이 말씀입네다. 갑돌이 엄마 자장가는 어디까지나 갑돌이에게만 특효약이다 이런 이야기지요. 그래서 브람스니 슈베르트 같은 분들의 유명한 자장가도 누구에게나 효과가 있는 거이 아니지요. 에, 게다가 자장가는… 종합적 상승효과 없이는…"

"그건 또 무슨 말씀이신가?"

"잘 생각해보시라요. 자장가를 어떤 상태에서 듣습네까? 어머니 품에 안겨 있거나 어머니와 나란히 누워서 듣게 되지요. 게다가 어머니가 노래를 부르시면서 토닥토닥 두드려 주시지요. 기르니끼니 오마니 냄새, 정겹게 두드려주는 촉감에 노래가 합해지면서 잠이 오는 것이디요. 청각 후각 촉각의 종합적 상승

효과, 아시갔습네까?"

"히야, 그거 아주 그럴듯하네요! 공부 참 많이 하셨네!"

"기럼요. 그 발명이라는 거이 거저 되는 게 아닙네다. 날로 먹는 게 아니야요, 거럼!"

"아이쿠 미안합니다. 그러니까, 연구를 해본 결과 시가 가장 효과적이다?"

"기르티요. 내레 직접 해보니끼니, 잠의 질이라는 면에서 시가 제일 효과적입디다. 거저 깊은 잠이 드는 데는 시가 더 좋더란 기런 말입네다.

기르구 시 수면제는 자꾸 듣는 동안 자기도 모르게 시를 외우게 되면서 저절로 심성이 착해지고, 인문학적 소양이 풍부한 교양인이 되는 효과도 있디요. 그야말로 꿩 먹고 알 먹는 격이요, 일석삼조지요."

"시를 그렇게 높게 쳐주시니 눈물 나게 고맙네요."

"기건 기르쿠, 시를 빌레주실 겁네까, 말 겁네까?"

"그러니까… 공짜로 내놓으라?"

"아, 아주 완전히 공짜는 아니고… 음반이 팔리면 팔리는 대로 조금씩… 그러니까 책의 인세 같은 거이디요, 인세… 하디만, 거저 공짜로 도둑맞았다 이르케 생각하는 거이 마음 편할 거외다."

"인류의 평화와 행복을 위해서?"

"기르티, 인류의 평화와 행복을 위해서!"

둘이서 웃으면서 어쩐지 좋은 친구가 될 것 같다는 생각이 들더군요. 이심전심, 둘이서 동시에 그렇게 느꼈습니다. 그리고 실제로 그렇게 친구가 되었지요. 특히 돈 벌기 위해 발명을 하는 것이 아니라, 인류의 평화와 행복을 위해서 발명에 힘쓴다는 그 마음이 마음에 들었습니다.

이야기를 듣고 보니 그동안 발명한 것이 어지간히

많더군요. 목구멍이 포도청이라 먹고 살기 위해서 발명한 것도 있고, 발명에 필요한 자금 마련을 위해 상업적으로 만든 것도 몇 개는 있지만, 거의 모두가 정말로 인류의 평화와 행복을 위한 것들이네요. 그것 참 쉬운 일이 아니지요. 힘자라는 데까지 돕고 싶다는 생각이 절로 들었습니다.

"앞으로 발명왕이라고 부르겠습니다."

감탄해서 내가 말했지요. 손사래를 치며 웃네요.

"왕은 무슨 썩을 놈의 왕? 내레 왕 안 좋아합네다. 거저 발명 '광(狂)'이라고 불러주시구레, 발명광! 발명에 미친 놈! 허허허… 기건 기르쿠, 어디 가서 축하 술이라도 한 잔 합시다레!"

몇일 뒤 내 친구 발명왕은 임시로 완성된 대망의 <잠 부르는 시 음반>을 가지고 왔습니다. 20편의 시가 담겨 있는데, 내 시도 그 중의 하나로 끼어 있는 겁니다. 가장 인상적인 시는 단연 이상(李箱)의 <오감도>였지요. 제1의 아해가 무섭다고 그리오/ 제2의 아해가 무섭다고 그리오… 그렇게 제13의 아해까지 가는 그 유명하고 요상한 시 말입니다.

내 시를 찾아 들어보니, 느린 진양조의 구성진 대금 연주를 배경으로 지치고 낮은 목소리가 시를 천천히 아주 천천히 읽고 있네요. 어머니 자장가 부르듯, 늙은 스님 염불하듯 천천히 아주 천천히 느릿느릿… 처량하달까, 처연하달까 그런 느낌이 가슴을 울리는군요.

> 백두산에 무궁화꽃
> 한라산에 진달래꽃
> 나란히 나란히 웃으며
> 피어 춤출 때
> 말없이 우리 잡은 손에
> 눈으로 통하는 더운 가슴에
> 넘실대는 바다
> 헤어졌던 아픈 사연
> 묻지 말고 묻지 말고
> 출렁이는 저 바다처럼
> 백두산에 무궁화꽃
> 한라산에 진달래꽃
> 나란히 나란히 피워
> 노래처럼 활짝.

듣고 있자니, 과연 졸리긴 졸립네요. 조금 더 들으면 정말 잠이 쏟아질 것 같아요. 들으면서 내가 꾸벅 꾸벅 졸았더니, 내 친구 발명왕이 신바람이 나서 큰 소리로 열변을 토합니다.

"아, 좋습네다! 편안하게 주무시라요! 사람이라는 거이 잠을 잘 자야 꿈도 잘 꾸지요. 꿈을 잘 꿔야 인류가 행복해집네다. 그래야 미래도 밝고 조용해지지요. 기르니끼니 잠꾸러기가 꿈꾸러기라는 말씀이외다. 잠꾸러기 꿈꾸러기 장난꾸러기 욕심꾸러기 말썽꾸러기 심술꾸러기… 꾸러기 형제들이 결국은 인류를 평화롭게 하는 겁니다. 아시겠습네까?"

목소리가 어찌나 크게 왕왕 울리는지, 그 소리에 잠이 달아나버렸네요. 내 시가 졸리는 시, 잠 부르는 시로 선정되는 영광에 빛나는 것은 고마운 일이만, 안타깝게도 <잠 부르는 시 음반>이 발명품으로 성공할 것 같다는 생각은 전혀 안 드는군요. 그저 시 하나 공짜로 강탈당했다고 생각하는 것이 편할 것 같아요, 인류의 평화와 행복을 위해서… 과연 졸리는 것이 인류 평화에 얼마나 도움이 되는 건지는 잘 모르겠지만…

그나저나 내 시를 새삼스럽게 다시 읽어보니 과연 졸리긴 매우 졸리네요.

골라듣는 재미
-내 친구 발명왕

내 친구 발명왕이 또 혁명적인 발명품을 완성했다며 찾아왔네요.

이번에는 또 무슨 물건인지 궁금하네요. 어지간히 오랜만에 찾아 온데다가, 불콰하게 상기된 얼굴을 보니 만만치 않은 물건인 것 같습니다. 잔뜩 흥분된 목소리로 요즘처럼 험상궂은 세상에 꼭 필요한 물건이라고 설명하는 소리를 들으니 한층 기대가 커지는군요.

"에, 이것으로 말할 것 같으면 선음기(選音器)라는 혁명적인 발명품으로, 구태여 우리말로 옮기면 '골라듣기'라고나 할까"

"뭐야? 이건 그냥 보청기 같은데..."

발명왕이 답답하다는 듯 목청을 높여 설명합니다. 이건 보청기가 아니고, 시끄러운 소리, 어지러운 소리, 듣기 싫은 소리는 다 걸러내고, 아름다운 소리, 바른 소리, 듣고 싶은 소리만 골라서 듣는 기계로, 사홀만 써보면 인격의 변화를 확실하게 느낄 수 있다고… 이 선음기를 온 인류가 사용하도록 보급하면 하루아침에 인류 평화가 오고, 세상이 획기적으로 아름다워질 것이라고…

"와, 굉장하네! 노벨상 감이네! 헌데, 무슨 원리로 소리를 고르는 건가?"

"아주 간단해요. 거저 자기가 듣고 싶은 소리의 주파수와 마음의 주파수를 맞추면 되지."

"흐음, 그러니까 주파수의 문제로구만!"

"그렇지! 역시 나를 알아주는 사람은 자네밖에 없어!"

"그런데… 옳은 소리와 그른 소리도 구별해서 들을 수 있나? 요즘 가짜 뉴스가 너무 설쳐서 골치 아픈데 말씀이야."

"아 그건 좀 까다로운 문젠데… 지극히 개인적인 가치판단의 문제라서 말씀이야. 내가 개발한 특수장치를 설치하면 가능하겠지만!"

"기계가 가치 판단을 한단 말씀인가?"

"인공지능의 힘을 빌리는 거지. 아무튼…"

군소리 말고 사흘만 써보라며, 사흘 뒤에 다시 오겠다며, 선음기를 주고 내 친구 발명왕은 바람처럼 사라져버렸습니다. 어쩌겠습니까, 사흘간 써보는 수밖에… 그러니까 정확하게 말하자면 임상실험을 당하는 셈인 거죠. 하지만 나는 내 친구를 믿습니다.

사용해보니 제법 그럴듯하네요. 내 친구 발명왕의 지시대로 마음을 하나로 순수하게 모으고 주파수를 맞추니까 소리가 선별적으로 들리는 겁니다. 가령, 호랑이 마나님의 말씀도 밥 먹으라는 소리는 고운 노래처럼 잘 들리는데, 모든 잔소리는 하나도 안 들리는 거예요. 거 참, 신통방통이네요.

이런 식이라면 인류평화도 그리 멀지 않은 것 같아 보입니다. 기분이 좋아져서 한 잔 했습니다. 한 잔 안 할 수 없지요.

그런데… 조금 뒤부터는 아무 소리도 안 들리네요. 적막강산, 아무런 소리도 없는 침묵의 세계… 처음엔 고요한 게 너무 좋더니… 시간이 지나니까 답답해 지네요. 아주 답답해요. 청각장애자의 심정을 이해할 것 같더군요.

혹시 기계가 고장 난 게 아닌가 싶어 발명왕에게 전화를 했지요.

"아, 기건 말씀이디… 혹시 한 잔 걸치셨나? 역시 그렇구만! 그건 말씀이야,

술에 취하면 세상에 듣기 싫은 소리가 너무 많다

는 강박관념이 지나치게 강해지기 때문에 그런 거야요. 기르니끼니 데메사니… 세상이 온통 듣기 싫은 소리로 가득 찼다고 생각하기 때문에… 비판적 성향의 지식인들이 대개 그래요.

주파수를 조금 낮추고 마음을 편안하게 가져보시라요. 명상하는 느낌으로 고향 생각이라도 하면서…"

내 친구 발명왕이 시키는 대로 했더니… 이번에는 새소리 물소리 바람소리 구름이 하품하며 흘러가는 소리… 그런 소리가 들리네요. 아, 정말 평화롭고 좋구나, 마음이 착 가라앉는구나, 좋다…

하지만 신바람 나는 흥타령도 한두 번이라고, 자꾸 들으니 이것도 지루하고 지겹네요. 새가 뭐라고 지껄이는지도 못 알아듣겠고… 세상의 자극에 단단히 중독이 되어버린 모양입니다. 심심한 걸 못 견디게 변해버린 거지요.

발명왕의 새로운 지시대로 주파수를 제일 아래로 조정하니 이상한 소리가 고막을 때리네요. 어디서 많이 듣던 소리예요. 귀를 쫑긋 세우고 잘 들어보니, 아… 우리 어머니 목소리네요.

"얘들아, 날래 일나라우! 밥 먹고 학교 가야디!"

"아이구, 거럼! 내야 널 믿지, 세상이 무너져도 널 믿는다."

"미안하구나야… 잘 해주지 못해서… 내가 죄가 참말로 많다."

"울지 말라우! 울지 말고 조금만 참아, 힘들어도 참으라우! 산다는 게 다 그런 거란다. 힘들어! 산다는 거이 뭔지 넌 아직 모르겠구나… 너무 어려서…"

그리고는 흥얼흥얼 노래소리가 들리는데… 아, 자장가로군요. 어머니가 부르는 자장가… 자장 자장 우리 아가…

갑자기 울컥 눈물이 쏟아지네요.

내 친구 발명왕의 뜻을 이제 알겠네요. 인간의 가장 근원적이고 본질적인 소리를 통해 어린아이처럼 순수해지자는 깊은 뜻, 그렇게 되면 세상이 아름답고 평화로워질 거라는 생각…

하지만, 하지만 말입니다, 문제는 사람이 줄창 그런 소리만 들으며 살 수는 없다는 것이죠. 생각해보세요, 머리털이 허연 늙은이가 어머니 자장가를 들어봤자 눈물만 나오지 별 수 있나요?

내 친구 발명왕 이번에도 실패인 모양이네요. 안타깝게도… 자기 듣고픈 소리 골라 듣는 거야 이미 나와 있는 기계로도 얼마든지 할 수 있는 일이니 말입니다.

하지만 나는 믿어 의심치 않습니다. 내 친구 발명왕은 결코 포기하지 않을 겁니다. 포기라니요, 그의 사전에 그런 낱말은 없습니다.

견물생심 차단기
-내 친구 발명왕

내 친구 발명왕이 참 오랜만에 찾아왔습니다. 새 발명품도 술병도 없이 빈 손으로 왔는데, 무슨 일인지 싱글벙글이네요. 얼마 만에 보는 웃는 얼굴인지 참 반갑고 보기 좋군요. 어라, 이상한 벙거지까지 썼는데요. 무슨 일이 있기는 있는 모양입니다.

"허허, 이 양반 무슨 좋은 일이라도 있으신가? 복권이라도 맞으셨나? 아니면 발명품이 대박 나셨나?"

"그런 게 아니구…"

"그럼 뭐가 좋아서 그리 싱글벙글이신가?"

"뭐랄까? 에 그러니까, 죽은 줄 알았던 고목나무에서 싹이 돋아났달까… 아름다운 지난날을 만났소이다 그려. 너무 늦은 것 같기는 하지만…"

"호오… 너무 늦은 만남이라? 그거 재미있는데… 자세히 얘기해 보시게나."

내 친구 발명왕의 이야기를 간추리면 이런 이야

기울시다.

밑도 끝도 없이 이어지는 발명으로 지친 머리를 식힐 겸 오랜만에 미술관엘 갔는데, 거기서 깜짝 놀랄 만큼 반가운 사람과 마주쳤다. 50여 년 전 꿈 많던 청춘시절 정신없이 짝사랑하던 아가씨, 아니 지금은 할머니와 딱 마주쳤다는 것. 마주치는 순간 아주 잠깐은 알아보지 못했지만, 잠시 후 두 사람의 입에서는 아! 하는 신음 같은 탄성이 동시에 튀어나왔다. 아, 이럴 수가! 운명이나 기적이라고 말할 수밖에 없는 만남, 반가운 재회… 그러나 너무 늦은 만남…

글쎄, 그걸 사랑이라고 말할 수 있으려나… 완벽한 일방통행이었으니까, 잠시 아주 심할 때는 거의 스토커 수준이었지…

잘 아시겠지만, 그땐 그런 불균형이 꽤 많았지. 여학생은 부잣집 아가씨인데, 감히 넘보는 남학생은 후줄근한 고학생, 검은색 물들인 군복에 낡아빠진 군화, 주머니에 돈이라곤 달랑 집에 갈 버스값이 전부… 도무지 상대가 안 되는 거지. 근원적인 불균형, 아예 종자가 다른 인류 같았으니까, 오를 수 없는 나무였지…

그럴듯한 데이트 한 번 못해봤으니, 그걸 사랑이

라고 한다면 사랑이라는 낱말에 대한 모독이 되겠지. 그래도 그냥 동창생을 만난 거와는 싱숭생숭이 같을 수 없지.

알고 보니 두 사람 공히 배우자와 사별하고 홀로 지내는 신세. 동병상련이라 홀아비 사정은 과부가 알아주는 법… 아무튼, 그 뒤로 가끔 만나는데 뜻밖에 대화가 잘 통하고 마음도 잘 맞아 매우 즐겁다는 이야기… 젊은 시절에 두 사람을 가로막았던 불균형 같은 건 없어진지 오래니 편안하고… 할머니 할아버지가 돼서 만남, 너무 늦은 만남인 것이 안타까울 따름…

"옳거니! 그래서 싱글벙글이로구먼… 축하하네! 회춘이로세 회춘! 이렇게 기분 좋은 날 한 잔 안할 수 없지. 잠깐 기다리시게 내 술 가지고 올 테니…"

"회춘은 무슨!"

"그래, 데이트 재미는 어떠신가?"

그런데 데이트는 이제 그만할 생각이라며 쓸쓸한 표정이 되는군요. 처음 몇 번은 설레고 재미있고 그랬는데… 쪼글쪼글 꼬부랑 할머니 만나는 것보다 젊은 시절의 풋풋한 영상을 간직하는 편이 한결 좋겠다는 생각이 들었고, 상대방도 늙어빠진 모습 보이

기를 별로 원치 않는다는 설명입니다. 그럴 법하네요. 항상 추억은 아름답고 현실은 고달픈 법이지요. 그나저나 일단 망가진 젊은 날의 영상이 제대로 복원될지 걱정이네요.

"그래, 그 바람에 발명은 접으셨나?"

"접다니! 그 무슨 말씀! 더 열심히 해야지"

"그래 지금 하고 있는 건 뭔데?"

"견물생심 차단기라는 건데…"

"견물생심 차단기? 그건 또 뭔가?"

"그러니까… 에, 간단히 말해서… 물욕을 억제하는 장치올시다, 쉽게 말하면 욕심 다이어트 같은 거지"

"오호, 그러니까, 몸의 살만 빼지 말고, 물질도 다이어트해서 줄이자는 얘긴가? 그런 거라면 스님이나 영성가들이 주제가처럼 읊어대는 얘기 아닌가? 버려라, 내려놓아라, 비워라…"

"말만 하면 뭐하나, 행동으로 이어져야지!"

"그건 그렇지! 행동을 해야지! 옳으신 말씀이올시다!"

"그래서 내가 개발한 거이 이 특수 모자올시다…"

"모자?"

내 친구 발명왕이 쓰고 있던 모자를 벗어서 보여줍니다.

"이걸 쓰고 있으면, 뇌의 일정 부위를 자극해서 물욕을 억제해주는 거야. 그러니까, 쇼핑할 때 이 모자를 쓰면 효과가 아주 좋아요. 특히 온라인 쇼핑 때 낭비 방지 효과가 대단하지요. 경제적으로도 큰 절약이 되고… 견물생심이라, 필요 없는 물욕이 피어오르면 모자에서 경고음이 울리거든, 삐삐, 사지마! 사지마!"

설명을 듣고 있던 내가 참지 못하고 단호하게 선언했습니다. 나도 모르게 목소리가 커졌지요.

"이건 안 되겠네! 당장 포기하시게!"

"아니 왜…?"

"장사하는 사람들 다 죽으라는 이야기 아닌가? 물건 팔아서 먹고 사는 사람들 생각은 안 해보셨나? 소비가 미덕이라는 말도 모르시나?"

"소비가 미덕이라구! 아, 기거야 업자들이 만들어낸 틀린 말 아닙네까! 틀린 건 고쳐야지! 바로잡아야지!"

"아무튼 포기하시게! 장사하는 사람들한테 된통 혼나기 전에… 발명도 좋지 만 남의 밥그릇 걷어차는 짓은 안 되지! 안 그런가?"

"남의 밥그릇…?"

절여놓은 김장배추처럼 축 처진 몰골로 쓸쓸히 돌아가는 내 친구 발명왕의 뒷모습이 애처롭네요. 하지만 어쩝니까, 할 말은 해야지…

철조망 바이러스
-내 친구 발명왕

 내 친구 발명왕은 가끔 나를 찾아오곤 합니다. 잊을 만하면 찾아오지요. 획기적인 발명품을 들고 오거나, 아니면 술병을 들고 옵니다.

 석류주가 아주 잘 익었으니 한 잔 하세 라든가, 요새 바람이 싱숭생숭해서 말씀이야, 어젯밤 꿈자리가 좀 사나웠는데 건강하게 잘 계시나 궁금해서 왔소이다… 말은 그렇게 하지만, 실은 많이 외로웠던 게죠. 인류의 행복과 평화를 위해 목숨 바쳐 발명에 일로매진하고 있는데 제대로 알아주는 사람 하나 없으니 외롭기도 하겠지요. 나이 먹어 혼자 살자니 그렇지 않아도 외로울 텐데…

 내게는 그런 친구를 위로해줄 의무가 있습니다.

 발명이라는 게 그렇습니다. 성공보다 실패가 훨씬 더 많게 마련이지요. 에디슨 같은 발명왕도 엄청나게 많은 실패를 겪었다지 않습니까. 물론 내 친구도 그렇지요. 실패할 때마다 위로가 필요할 텐데, 주위에 아무도 없으니… 하지만, 실패는 성공의 어머니라는 말처럼 지금까지의 숱한 실패가 모두 성공의 어머니가 되겠지요. (어머니가 너무 많은가?)

하지만, 하나만 성공하면 한 방으로 끝나는 겁니다. 한 방에! 큰 거 한 방이면 노벨상도 문제없지요. 그것이 발명의 매력이지요, 치명적인 매력!

그 날 우리는 붉게 타오르는 노을을 바라보면서 붉게 잘 익은 석류주를 마셨습니다. 술맛 한 번 좋데요. 우리 얼굴도 붉게 물들었지요. 붉은 노을빛에다 술기운이 더해져 기분 좋게 불콰해졌습니다. 우리네 인생의 황혼도 그렇게 유쾌하게 불콰할까요? 그랬으면 좋겠네요.

"그동안 숱하게 실패를 거듭하셨으니 어지간히 힘드셨겠구만…"

"기르티 뭐… 하지만 실패는 성공의 오마니라니까, 거저 실패할 때마다 오마니 만난 셈 티문 겐딜만 하디요. 실제로 오마니를 만난 적도 많습네다, 거럼! 오마니, 또 실패했습네다레, 거저 웃어주시라요. 내레 하느라고 했는데 기거이 잘 안되누만요. 하디만 걱정 마시라요, 요 댐엔 거저 반드시 성공할 꺼이니끼니, 거저 믿어주시라요, 오마니."

내 친구 발명왕은 술이 들어가면 고향 사투리를 씁니다. 보통 때는 아주 반듯한 표준말을 쓰는데 왜 술이 들어가면 고향말이 튀어나오는 건지 그것이 알고 싶네요.

"성공한 건 없으신가? 엄청난 성공은 아니더라도… 성공 비스무리한 거라도…?"

"잔챙이레 많디요… 내레 그거루다 밥 먹고 살멘서리 발명에 몰두하는 거디요."

"아니 그런 거 말구… 뭐랄까… 멋진 발명품인데 실용화가 안됐다거나, 아니면, 거의 다 됐는데 포기했다거나… 뭐 그런 안타까운 거 없으시냐고?"

"길세 올시다.. 한두 가지 있기는 있디요. 성공의 개념이 뭔지 잘 모르갔디만서두…"

"호오, 그래요! 그런데 왜 공개를 안 하셨나?"

"세상이레 어디 내 맘대로 돌아가야 말이디!"

"그야 그렇지만, 어떤 발명품인지 궁금하구만…"

"기거이 기르니까니…"

내 친구 발명왕이 노을과 석류주로 불콰해진 얼굴로 자랑스럽게 말하네요. 희미하게 웃는 얼굴이 참 보기 좋네요.

"데메사니, 이건 오늘 첨으로 털어놓는 거인데…

철조망 바이러스 같은 건… 참 아깝지, 아까워! 내
레 기거 만드는 데 꼬박 10년도 넘게 걸렸는데…"

"철조망 바이러스? 그게 뭔데?"

내 친구 발명왕의 설명을 들으니 눈물이 절로 나
네요. 철조망 바이러스란 철조망만을 갉아먹는 특수
한 바이러스로… 특히 우리나라 허리께인 비무장지
대에 잘 맞게 개발된 것이랍니다. 고려 말 불가사리
에서 영감을 얻었다는군요.

그러니까, 그 철조망 바이러스를 적극적으로 활
용하면, 무엄하게 휴전선을 가로막고 있는 철조망을
아주 쉽고 간단하게 제거할 수 있다는 것입니다. 뿌
리고 기다리기만 하면 바이러스들이 철조망을 깨끗
하게 먹어버린다는 이야기올시다. 독일에서처럼 장
벽을 허문다고 난리법석을 칠 필요도 없다는 것이죠.

"히야, 그것 참 대단한 발명품이로구만, 대단해!
얼씨구 좋다!"

"내레… 오마니 보러 가구 싶어서… 기걸 만들었
어… 철조망이 없어져야 오마니 만나러 갈 수 있으
니끼니…"

"그래서 10년이나 걸려서 만드셨구만 그래!"

"오마니 얼굴 뵐 생각을 하니끼니 거저 10년 세

월이 휘까닥 가두만… 생각해보니 기가 막히는 거야, 냇물도 새들도 바람도 제멋대로 넘나드는데 사람만 못 다니니…"

"아니 그런데… 그런 획기적 발명품을 왜 공개하지 않았지?"

"안 한 거이 아니구, 못한 거디… 세상이 어디 내 마음 같이 움직이나… 꿈과 현실 사이에 있는 절벽이랄까"

내 친구 발명왕이 한숨을 길게 쉬며 술 한 잔을 마시네요. 사연인즉 이렇습니다.

거듭거듭 실험을 해서 나름대로 확신을 얻기는 했지만, 실제로 현지에서 성능실험을 해봐야 확신을 가질 수 있는지라… 철조망이 있는 휴전선 근처로 몰래 스며들어가 실험을 하다가 총 든 군인에게 붙잡혔다는 겁니다. 국방부나 통일 관계 기관에 먼저 이야기하지 그랬느냐는 질문에는 그런데서 상대나 해주겠느냐며 웃는군요. 허긴 그렇지요, 허허…

그 다음에야 더 말씀 드리지 않아도 뻔한 줄거리지요. 간첩으로 몰려, 어딘 지도 모를 무시무시한 곳에 끌려가 엄청나게 두드려 맞고… 죽음 직전까지 갔다가 가까스로 목숨만 건졌다는 이야기…

그 무렵 철조망 바이러스에 이어 지뢰 바이러스를

개발하는 중이었는데… 그것이 발각되는 바람에 더 무지막지하게 두드려 맞았다는군요.

내 친구 발명왕이 다리를 약간 저는 이유를 이제야 알고 나니 눈물이 나네요. 술이나 마실밖에요.

그리곤 나라 밖으로 쫓겨났다지요. 여기서 있었던 모든 일을 일체 발설하지 않는 것은 물론, 다시는 돌아오지 않는다는 각서를 쓰고…

"그나저나 용케 풀려나셨네! 없는 간첩도 만들어내는 무시무시한 시절이었는데…"

"아무리 걸레 짜듯 쥐어짜봤자 아무 것도 나올 거이 없는 천둥벌거숭이 상대로 뭐를 어쩌겠소? 자기들이 먼저 지쳐 떨어지두만… 투덜거립디다. 이까짓 송장 하나 더 만들어봐야 치우기 귀찮고 세금만 축낸다나 뭐라나…

아, 우리 오마니 덕도 있었지."

"어머니 덕?"

"나를 고문하던 늙수그레한 조사관이 오마니 이야기를 듣더니 잠시 울먹허데… 알고 보니 같은 고향사람이야… 기르니끼니 내레 우리 오마니 덕에 풀려 난 거이디. 틀림없어, 거럼! 오마니, 감사합니다, 오마니!"

"그거 참 감동적 이야기네!"

"감동은 무슨! 실존이지, 실존! 그 바람에 팔자에 없는 디아스포라 신세가 된 거이지, 허허. 멋을 부려 말하자면, 떠나온 곳은 있는데 돌아갈 곳은 없는 신세…"

붉은 노을은 사라진지 벌써 오래고 사방이 캄캄하군요. 내 친구 발명왕과 나는 말없이 술만 마셨습니다. 무슨 말을 더 하겠나요. 그저 바위덩어리처럼 무거운 침묵만…

술맛이 이상하게 쓰네요. 아까는 달콤했던 술인데…

"그나저나 그 철조망 바이러스 참 아깝구만, 정말 아까워! 세상 바뀐 다음에라도 다시 살렸으면 좋았을 텐데… 아니 지금이라도 다시…"

"길쎄올시다레… 거저 내가 보기엔 국민들이나 정치하는 것들이나 그런 거에는 관심이 없는 기야요. 나 같은 삼팔따라지 자손이나 절실할까? 말들은 그럴듯하게 하지만 속으로는 평지풍파 일으키기 싫은 거야요. 귀찮다 이거지. 어떤 면에서는 철조망 있는 거이 자기들에게 유리하니… 북풍이란 말 아시지?

기르구… 환경론자들도 반대하고 나서겠지. 독성이 강해서 소중한 생태계를 파괴할 거라고… 하지만 말씀이야… 독하지 않구서 어드러케 철조망을 녹이

겠나? 안 그렇소? 내 말이 틀렸소?"

　"그건 그렇구만…"

　"거저 나한테는 꿈꿀 자유밖에 없는 거이디. 그 댐은 세상이 알아서 하는 거인데, 거저 내 맘 같디 않구만요, 세상 돌아가는 거이… 기르타구 돈이나 벌자구 발명에 목숨 걸 수는 없는 일이디, 사내대장부로 태어나서 기르케 살 수야 없디!

　거저 꿈꿀 자유라도 있으니 감지덕지할 수밖에 없는 거이디 뭐, 어카가쏘, 나 같이 힘없는 꿈꾸러기가?

꿈이나 알차게 꿔야지…

술이나 먹읍시다레! 아, 친구레 옆에 있으니 참 좋구만, 좋아! 먹세고녀 드세고녀

취하도록 먹세고녀

세상 탓 거두고 꿈이나 꾸세고녀

벗이랑 나랑 먹세고녀 드세고녀"

내 친구 발명왕이 이렇게 말을 길게 하는 건 처음이네요. 이렇게 말을 잘하고 생각이 깊은 사람인 줄은 정말 몰랐어요.

그날 우리는 취하도록 마셨습니다. 오랜만에 흠뻑 취하도록 마셨어요.

먹세고녀 드세고녀

벗이랑 나랑 주거니 받거니

취하도록 드세고녀

꿈이나 크게 꾸세고녀

신조어 자동번역기
-내 친구 발명왕

내 친구 발명왕이 찾아왔네요. 뭔가 안 좋은 일이 있는지 시무룩하군요. 술병도 하나 들고 왔네요. 무슨 일이 있기는 있는 모양입니다.

아무 말 없이 종이 한 장을 불쑥 내미는군요. 읽어보란 말인 모양인데…

"아 이 양반아, 무슨 사연인지 알아야 읽어보든 말든 하지…"

"그러니까 그게 말씀이야…"

힘들게 신조어 자동번역기라는 것을 개발해서, 한국의 젊은 아이티 회사에 보냈더니, 한참 세월이 흐른 후에 이런 답이 왔다는 이야기올시다.

내 친구 발명왕이 보기에 지금 한국사회에서 세대 간의 불통과 갈등이 매우 심각한 문제인데, 그런 갈등을 부추기는 독버섯 중의 대표적인 것이 신세대의 신조어로 여겨지는바, 그런 중차대한 문제를 해소하기 위해 자동번역기를 개발했다는 겁니다.

"이거 한번 읽어보시게. 신문에 난 건데, 무슨 뜻인지 알아먹겠나?"

"오늘 새터 온 신입생 보고 심멋. 나 금사빠인 듯. 번달번줌 목까지 올라왔는데 빼박캔트 내향적이라 참았어. 하지만 결국 난 혼밥하는 연서복 신세. 다들 맛점해."

"이게 우리말인가? 무슨 말인지 전혀 모르겠는데…"

"요즘 한국 신세대들이 일상생활에서 자연스럽게 사용하는 우리 한글이라는군. 통역이 필요하지 않습네까! 이 말을 번역하면 이런 뜻이랍네다."

"오늘 새터(새내기배움터) 온 신입생 보고 심멋(아름다워서 심장이 멎을 정도). 나 금사빠(금방 사랑에 빠지는 사람)인 듯. 번달번줌(번호 달라면 번호 줌?) 목까지 올라왔는데 빼박캔트(빼도 박도 못하는) 내향적인 성격이라 참았어. 하지만 결국 난 혼밥(혼자 먹는 밥)하는 연서복(연애에 서툰 복학생) 신세. 다들 맛점(맛있는 점심)해."

"야, 이건 완전히 외국어 수준이네! 외국어가 아니라 외계어 수준이야!"

"외계어 수준이지! 그래서 내가 자동번역기를 개발한 건데 말씀이야… 신조어 사전이라는 것도 벌써 나온 모양인데, 사전을 들고 다니면서 일일이 찾아봐 가며 대화를 할 수는 없지, 안 그런가?"

내 친구 발명왕을 대단히 실망시킨 편지의 내용은 다음과 같습니다. 젊은 회사의 편지라는데 문장은 매우 고리타분하고, 엉터리네요.

안녕하십니까? 폐사에 보내주신 귀하의 지대한 애정과 관심에 심심한 사의를 표하여 마지않는 바입니다.

귀하께서 송부하신 신조어 자동번역기(이하 번역기로 부름)를 감사의 마음으로 배수하여, 다각도로 면밀히 검토하고 심사숙고 좌고우면, 삼고초려한 결과, 다음과 같은 결론에 이르지 않을 수 없었음을 감히 통보하는 바입니다.

귀하께서 지적하신 신조어, 욕설, 유행어 등은 날이면 날마다 밤이면 밤마다 지금 이 순간에도 끊임없이 생성, 변화무쌍, 소멸, 재생, 부활, 변형을 자생적, 반복적, 습관적으로 거듭하고 있음을 결코 부정할 수 없는 현실을 직시하지 않을 수 없는 것으로 사료되는 바입니다.

따라서, 귀하의 번역기가 필요충분조건적으로 순조롭게 제 기능을 완수하기 위해서는 날이면 날마다 밤이면 밤마다 지금 이 순간에도 끊임없이 새로운 정보를 수집, 분류, 정리, 입력하고 업데이트해야 하는 관계로, 이에 수반되는 인건비 등 막대한 천문학적 제반 비용이 소요되는 현실을 절대 무시할 수 없는 바입니다. 환언하면, 시장성에 심대한 난관이 존재한다는 사실을 도저히 부정할 수 없음을 정중하게 고백할 수밖에 없음을 안타깝게 사료하는 바입니다.

감사합니다. 계속적인 지도편달과 귀하의 만수무강 건승을 진심으로 축원하여 마지않는 바입니다.

"그러니까 정중히 거절한다는 말인 모양인데…거 참, 글을 아주 늙은이처럼 고리타분하게 썼구만 그래"

"솔까말 졸라 후지지?"

"솔까말? 그건 또 무슨 말인가?"

"솔직히 까놓고 말해서…"

"하이쿠, 정말 굉장하구만!"

"장미단추가 무슨 말인지 아십네까?"

"무슨 단추라고?"

"장미단추! 장거리 미남 단거리 추남, 그러니까, 멀리서 보면 미남 같은데 가까이서 보니 추남이란 뜻이지.

내가 자동번역기 개발하느라고 공부 좀 했는데 말씀이디, 그밖에도 기발한 게 정말 많아요. 예를 들어서…

갈비는 갈수록 비호감, 세젤행은 세상에서 제일 행복하다, 안물안궁은 안 물어봤고 안 궁금하다, 고답은 고구마처럼 답답하다, 낄끼빠빠는 낄 데 끼고 빠질 때 빠진다."

"아이구 어지러워, 그만 하시게! 그만 하고, 술이나 한 잔 하세! 그냥 불통하고 사는 게 한결 편하겠네!"

조금은 특수한 십자가
-내 친구 발명왕

내 친구 발명왕이 오셨네요. 기쁘다 발명왕 오셨네, 반갑게 맞으라! 그런데 잔뜩 시무룩한 것이 어째 이상하네요. 무슨 일이 또 터졌나?

"이건 좀 어렵겠지?"

발명왕이 중얼거리며 뭔가를 내미는군요. 불쑥 내미는 바람에 잠깐 놀랐는데, 받아서 살펴보니 조그맣고 아주 잘 생긴 십자가로군요.

"아니, 이건 십자가 아닌가? 느닷없이 십자가는 왜?"

"응, 조금은 특수한 십자가지… 이거이 무슨 십자간고 허니…"

설명을 들어보니, 이건 정말 안 되겠다 싶네요.

무슨 십자가냐 하면, 보통 십자가가 아니라 신앙심을 측정하는 특수 십자가라는 겁니다. 그러니까, 이 십자가를 지니고 있으면 그 사람의 현재 믿음의 깊이와 강도, 순수성, 절실한 마음 등을 확인할 수 있다는 겁니다. 신앙심의 강도에 따라 십자가가 오른쪽이나 왼쪽으로 기우뚱 휜다는 이야기예요.

아주 심해지면 십자가가 45도 각도로 기울어서 X자가 되도록 설계되었답니다. 십자가가 기울어서 X자가 된다? 참 기발한 발상 아닙니까?

아무튼 그렇게 신앙심을 측정할 수 있다는 겁니다.

"가만있어 보시게… 이거 목사님들이 은근히 좋아하겠는데…"

"신앙심을 점수로 매긴다는 게 아무래도… 하나님이나 하느님께서 못마땅하게 여기시지 않을까?"

"글쎄… 그런 점이 없는 건 아니지만… 신도들 각자가 이걸 보고 각성하고 반성하는 효과가 있을 것 같구만… 목회자들도 신도들의 성향을 제대로 파악 할 수 있으니 목회 방향을 바로 세우는데 도움이 될 거고…"

"물론, 나도… 그렇게 쓰이기를 바라면서 발명하긴 했는데… 만에 하나 혹시라도 잘못 사용되면…"

거기까지는 좋았는데, 그 다음부터가 문제라는 이야기올시다. 나는 어지간하면 내 친구 발명왕을 인정하고 격려하려고 애쓰는 편인데, 이건 정말 도저히 안 되겠다 싶네요. 적극적으로 말려야겠어요.

왜냐구요?

예배시간에 신도들이 이 십자가를 지니고 예배를 보면 신도들의 신앙심 강도가 하나로 집계되어 예배당 정면에 걸려 있는 커다란 십자가에 반영된다는 겁니다. 그러니까, 삿된 생각을 가지거나 건성건성 예배를 보는 신도가 많으면 많을수록 십자가도 삐딱하게 기운다는 거예요. 특히 돈독이나 허세에 민감하게 반응한답니다. 예를 들어, 목사님께서 십일조 이야기를 힘주어 강조하면 십자가가 순간적으로 급격하게 삐뚜룸해진다는 이야기올시다.

내 친구 발명왕이 제작한 특수 센서를 설치하면 그런 종합적 측정이 가능하다는군요. 여기까지는 그래도 참을 만한데, 그 다음이 문제올시다.

이렇게 집계된 신앙심 강도가 예배당 안의 커다란 십자가를 통해 교회 건물에 설치된 대형 십자가로 전달된다는 겁니다.

그러니까, 한 마디로 말하면, 교회의 신앙심이 만천하에 고스란히 공개되는 것이죠. 십자가만 보면 누구나 한 눈에 믿음 좋은 교회냐 날라리 교회냐를 알 수 있는 겁니다. 이건 대단히 곤란한 일이죠. 교회의 일급 경영기밀이 공개되는 것이니 단순한 일이 아니지요.

"포기하시게! 이건 정말 안 되겠네. 세상에 건드리면 안 되는 것이 몇 가지 있는데 종교, 언론, 벌집, 마누라 염장… 그 중의 으뜸이 종교라!"

"역시… 포기해야겠지?"

"빠를수록 좋겠소이다."

"포기 기념으로 곡주나 한 잔 하세…"

내 친구 발명왕이 그렇게 알맞게 취해 쓸쓸하게 돌아간 뒤… 혼자 생각해보니, 만약에 그 '조금은 특수한 십자가'가 실용화된다면 사방에 참 대단한 풍경들이 펼쳐질 것이 뻔하니… 섬뜩해지더군요.

가령, 어두운 밤에 높은 곳에 올라가 서울 시가지를 내려다보면, 붉은 네온 십자가가 잔뜩 보이지요. 즐비하게 늘어서서 성령충만 경쟁이 대단합니다. 그런데 여기에 내 친구 발명왕의 '조금은 특수한 십자가'가 기능을 발휘하면, 그 붉게 빛나는 네온 십자가들이 저마다 삐딱삐딱 기우뚱 휘영청 개우뚱 온통 난리가 벌어질 것 아닙니까! 그 꼴을 어찌 봅니까, 무슨 추상미술도 아니고…

일찍 포기하길 정말 잘 한 일이죠! 아무렴, 잘 했군 잘 했어!

잠깐! 이 친구 혹시 목탁소리 가지고 불교 신앙심 측정하는 기계 만드는 거 아냐? 말려야지, 암 말려야지, 바짝 말려야지!

인공지능 감시 인공지능
-내 친구 발명왕

　내 친구 발명왕이 참으로 오랜만에 나타나셨네요. 그렇지 않아도 무소식이 너무 길어 연락을 해보려던 차에 이심전심 통했는지 번개처럼 나타났네요.

　이번 발명품은 인공지능을 통제하고 다스리는 인공지능이랍니다. 이거야 말로 인류의 앞날을 위해 시급하게 꼭 필요한 것이라며 흥분하는군요.

　"에, 본 발명품으로 말씀 드릴 것 같으면, 머지 않아 인공지능이 인간을 지배할 것이라는 공포감으로부터 인류를 구원해줄 혁명적인 도구다 이 말씀이야!"

　"그것 참 대단하구만! 어디서 그런 아이디어를 얻으셨나?"

　"응, 뜻밖에 아주 가까운 곳에 해답이 있더구면…"

　"가까운 곳 어디?"

　"그러니까, 결국은 인공지능보다 한 수만 앞서

가면 인공지능을 겁낼 필요가 없는 것 아닌가? 그래서 연구를 해봤더니…"

"해봤더니?"

"대한민국의 정치가, 법조인, 국정원, 재벌, 언론, 교수… 등등 이른바 성공했다고 뻐기는 자들이 그동안 종횡무진으로 은밀하게 부려온 꼼수들을 모조리 수집하여 분석, 편집, 종합하면 천하 없는 인공지능이라도 능히 통제할 수 있는 인공지능을 만들 수 있다는 결론을 얻었지."

"그걸 어떻게 수집하는데?"

"아, 지금 줄줄이 알사탕으로 터져 나오고 있으니 조금만 더 지켜보시게."

"그런 거야 인공지능이 더 잘 모을 수 있을 것 같은데?"

"그렇지 않아요. 대한민국의 정치적 꼼수는 매우 특수하고 끈질긴 자생적 번식력을 지니고 있어요. 꼼수 하나가 들통 나면 더 기발한 꼼수로 덮어 뭉개고, 또 나오면 또 덮어버리고… 참으로 엄청난 번식력이지. 그 어떤 인공지능도 그걸 당할 수는 없지! 바로 그 인과성 자생적 번식력을 이용하여 인공지능보다 한 발 앞서가며 통제하는 거지, 어떤가?"

"하, 그거 아주 그럴 듯 하구만, 그럴 듯 해! 하지만 돈이 많이 들 것 같은 데"

"그래서 이번에 시민들이 자발적으로 참여하는 운전기금이라는 걸 창설할 계획이지"

"운전기금? 그건 또 뭔데?"

"응, 한자로는 雲錢 기금이라고 쓰는데, 순 우리말로 하면 구름돈, 구태여 영어로 번역하자면 클라우드 펀드라는 것일세, 허허…"

아, 이번 발명품은 제발 빛을 좀 보았으면 좋겠네요. 인생 백세 시대라고 떠들어대지만, 발명이라는 것이 머리 초롱초롱 맑고 생각 또랑또랑 아이디어 톡톡 튈 때나 가능한 일 아닙니까? 그런데 내 친구 발명왕은 이제 어지간히 나이를 먹었거든요. 그러니 이제는 한 가지쯤은 빛을 봐야 합니다.

그나저나, 감히 인공지능에 대들 생각을 하는 우리 발명왕 참 대단하지 않습 니까! 그 용기에 영광 있으라!

내 친구 발명왕 만세!

암 탐색 기동대
-내 친구 발명왕

"내레 한 동안 대박 찾아 발악한 적이 있디요, 돈을 찾아서 눈알이 뻘게 개지구... 집안 살림 유지(Yugi)에 매달려 허구헌날 고생하는 집사람 보기가 미안해서리... 명색이 가장인데 체면도 말이 아니구..."

내 친구 발명왕이 한 방에 대박 터트릴 노다지 발명에 몰두하던 시절 이야기를 하는군요. 돈을 벌기 위해서 밤낮없이 젖 먹던 힘을 다했답니다. 돈이 될 것 같아 보이면 뭐든 했다네요. 예를 들어, 대머리 발모촉진제, 정력팬티, 정력양말, 가정용 쓰레기 분쇄기, 만능 조미료, 식물성 무공해 비아그라, 허리군살 빼기 허리띠, 무좀 방지 건강구두, 무지하게 바쁜 사람을 위한 식사 대용 알약, 주름살 펴주는 마스크 등등…

내 친구 발명왕의 야심작들은 안타깝게도 잘 나가다가 마지막 순간에 약을 올리듯 무너지곤 했답니다. 될 듯 될 듯 다 된 듯 하다가 안 되곤 했다네요.

그나마 그 중 몇 가지가 겨우겨우 상품화되어, 길거리에 나 앉는 위기에서 구해주고, 입에 풀칠을 해주었답니다.

그러다가 너무 무리를 하는 바람에 쓰러지고 말았다지요.

"집사람이 그럽디다. 당신은 인류 평화를 위해서 노벨상 받을 발명이나 열심히 하세요. 집안 살림은 내가 어떻게든 꾸릴 테니… 그 대신 노벨상 받으면 상금은 반반씩 나누기로 합시다. ……참 눈에서 땀나는 얘기지, 젠장!"

붉은 노을은 사라진지 벌써 오래고 사방이 캄캄하군요. 내 친구 발명왕과 나는 말없이 술만 마셨습니다. 무슨 말을 더 하겠나요. 그저 바위덩어리처럼 무거운 침묵만…

답답하고 무거운 침묵을 깨려고 한 마디 던졌죠.

"또 있으시다며, 아까운 발명품이?"

"거 뭐이가… 암 탐색기도 아깝디.."

"암 탐색기? 그거 재미있는데… 암을 찾아내는 기계인 모양이지?"

"응, 우리 집사람이레 암으로 죽은 건 아시지? 너

무 아파서 고통스러워 하는 거이 너무 애처로워서… 고통과 싸우면서 힘들어 하는데 내가 해줄 수 있는 일이 아무 것도 없더면… 나 자신에게 화가 치밀어서 견딜 수 없는 거야… 기래서 죽을힘을 다해 개발했지… 죽은 집사람을 생각해서라도 꼭 성공해야 했지, 꼭 개발해서 집사람 무덤 앞에 바치고 말겠다고 이를 악물었지…"

"암을 어떻게 찾아내는 건데?"

"응, 기거이 기르니끼니… 지뢰 바이러스를 개발하다가 찾은 방법이지… 암이라는 거이 말하자문 우리 몸속에 묻혀있는 지뢰 같은 거 아닌가"

"그럼 현대의학에서 시도하고 있는 씨티 촬영 같은 건 모양이네?"

"길쎄올시다… 원리는 비슷할지 몰라도, 내 건 아주 간단해요, 검사도 아주 쉽고… 그리고 무엇보다도 안전해요. 그냥 음파를 쏴서 울림 반응을 읽으면 되는 거니까, 암이 있는 부위에선 울림이 둔탁한 반응으로 나타나거든…

주위 사람들을 상대로 실험해보니끼니 효과가 상당히 정확하더라고… 기르니끼니 내 탐색기로 검사를 해서 의심스러운 사람을 큰 병원에 보내 정밀검사를 받게 했더니 틀림없어…"

　"그럼 그 탐색기가 암 조기발견에 큰 도움이 되
는 거 아닌가?"

　"말하자문 기른 셈이디 뭐…"

　"그런데 왜…?"

　"기르니끼니 그거이 의료법에 걸린다누만! 사이
비 불법진료라는 거야요. 한 마디로 말해서리 돌팔이
라는 거야! 잘못해서 소송이라도 당하는 날에는 잡
혀가서 옥살이를 해야 한다누만… 사람 생명에 관한
거이라서 벌이 엄하다누만…

　그건 안 될 일이다… 내레 발명해야 할 거이 잔뜩

많은데 감옥에 가면 안 된다 그 말씀이야. 기르티 않아도 나이 탓에 진도가 느린데 감옥살이야 안 되지! 기래서 안타깝지만 눈물을 머금고…"

"큰 회사에 아이디어를 팔 수도 있지 않나?"

"나 같은 천둥벌거숭이가 영악스런 장사꾼을 어드러케 이기갔소? 중간에 사람을 넣어서 찔러봤더니, 성능을 과학적으로 증명하고 관계기관의 인증을 받으려면 엄청난 돈이 드는데다가, 상업성이 없다는 거야. 모든 판단기준이 거저 돈이야, 돈! 혹시 무료로 제공해주면 참고자료로 삼을 의향이 아주 없지는 않다… 뭐 그런 식이두만…

나중에 들은 이야기로는, 암을 그렇게 쉽고 간단하게 찾을 수 있게 되면 기존 의료계나 병원들도 재미가 없답디다. 아, 이건 내 생각이 아니구, 거저 믿거나 말거나 들은풍월이우다, 들은풍월!. 이런 말 까딱 잘못했다간 소송 당할 지도 모를 일이니끼니…"

"소문 안 낼 테니 걱정 붙들어 매시게! 자자, 술이나 합시다!"

술맛이 이상하게 쓰네요. 아까는 달콤했던 술인데…

내 친구 꿈꾸러기

꾸러기 나라에는 꾸러기들이 모여 살지요. 잠꾸러기, 욕심꾸러기, 장난꾸러기, 심술꾸러기, 말썽꾸러기…

그 중에서 가장 친한 내 친구는 꿈꾸러기. 꿈꾸러기와 지내노라면 세월 지나는 줄도 도끼자루 썩는 줄도 모르지요. 시계는 째깍째깍… 저 혼자 울리고… 꿈꾸러기는 잠꾸러기의 사촌이라고 하는 설도 있는 모양인데, 어디 꿈을 자면서만 꾸나요. 벌건 대낮에도, 바삐 걸어다니면서도, 털컹대는 지하철 안에서도 꿈을 꾸지요. 하긴 요새 사람들처럼 전화기에 코를 박고 있으면 꿈꾸기 어렵지요.

내 친구 꿈꾸러기는 어디서나 불쑥불쑥 나타나요. 어지간히 나이 먹어서 머리가 허연데도 여전해요. 지치지도 않는 모양이예요.

동양에선 덧없는 것을 꿈(夢)이라 하고, 서양은 판타지를 꿈(dream)이라 하지요. 그렇게 달라요.

옛 말씀에 이르기를 인생은 한 자락 봄꿈(一場春夢)이라지만, 날마다 헛꿈 개꿈만 꾸는 건 아니죠. 총천연색 70미리 시네마스코프로 생생하게 잊혀지지 않는 꿈도 많아요. 여러분도 부디 야무지고 흐뭇한 꿈 많이 꾸시기를…

가령 밤새도록 산티아고 순례길을 걸었던 꿈, 쩔뚝쩔뚝 휘청휘청 허우적허우적 기우뚱기우뚱 걸으며… 아, 이대로 죽어도 여한이 없겠다 싶던 꿈. 유행가 부르며, 가도 가도 끝이 없는 외로운 이 나그네 길.... 쩔뚝쩔뚝 휘청휘청 허우적허우적 기우뚱기우뚱…

너무 자주 꾸다보니 이제는 뻔하게 돼버린 꿈도 있지요. 남과 북이 마침내 드디어 결국 결론적으로 하나가 되는 꿈. 핏빛으로 녹슨 철조망 걷히던 날 남과 북이 얼싸안고 덩실덩실더덩실 춤추는데 박자가 엇나가는 바람에 끌어안고 나딩굴며 웃는 꿈. 하긴 70년이나 지났으니 박자 엇나가는 것 하나도 이상하지 않지.

아이쿠, 괜찮십니까?

일 없수다. 어데 상하지 않았습네까?

미안합니다. 박자가 어그러지는 바람에 그만…

어카겠습네까, 세월이 70년이나 지났으니…

박자 착착 맞아떨어져 찰떡궁합 될 때까지 자꾸 추면 되지 뭐. 덩실덩실 더덩실… 춤추느라 춤추느라 얼이 빠져 오래 오래 꾸던 꿈. 눈 떠보니 햇님 중천에서 빙글빙글 웃던 꿈.

내 친구 꿈꾸러기 오늘은 무슨 꿈 들고 찾아오려나? 잠꾸러기, 욕심꾸러기, 장난꾸러기, 심술꾸러기, 말썽꾸러기… 그 중에서 가장 친한 내 친구는 꿈꾸러기.

궁금대감

어릴 적 내가 살던 동네에 궁금대감이라는 별명을 가진 할아버지가 계셨다. 요새도 가끔 그 할배 생각이 난다.

어찌나 궁금하게 여기는 것이 많은지, 만나는 사람마다 불러 세워놓고 이것 저것 꼬치꼬치 궁금증을 풀어놓는 바람에 사람들은 그 할배를 슬금슬금 피해 다녔다.

어른이건 아이들이건 할 것 없이 붙들고 질문을 퍼부어대는데, 그 질문이라는 것의 대부분이 사람들이 지극히 당연한 것으로 여기거나, 한 번도 생각해 본 적이 없는 것들이었다.

가령, 꽁지뼈는 꼬리가 있었던 흔적이냐, 꼬리가 나오려는 징조냐?

어째서 오른손잡이가 왼손잡이보다 많은 거냐?

호랑이도 제 말하면 온다는데 정말 오기는 오는 거냐? 인왕산에서 내려오는 거냐, 동물원에서 탈출

해 오는 거냐?

왜 캄캄하면 아무 것도 안 보이냐?

어째서 키는 위로 크는 것이냐, 아래로 크면 안 되냐?

어째서 착할수록 살기 힘드냐?

모두가 당연하게 여기는 것을 의심해보는 것이 깨달음의 시작이라고 누군가 말했다지만, 대답하기 곤란한 질문만 골라서 해대는 궁금대감을 좋아하기는 어려운 일…

모두들 슬금슬금 그이를 피하고, 드디어 외톨이가 된 그이는 스스로에게 끝 없이 질문을 던졌다. 궁금한 것을 물어댔지만, 대답은 없었다.

외로움은 무게냐? 부피냐?

산울림은 산 위에서 오나, 밑바닥에서 오나?

죽음은 끝인가, 새로운 시작인가?

사람은 왜 사나? 무엇으로 사나?

예술은 왜 필요한가, 도대체 왜 필요한가?

드디어 궁금대감이 매우 궁금하게 세상을 떠나고, 사람들은 묘비에 이렇게 적었다.

"궁금증 끝내 못 이겨

여기 누워 자못 궁금해 하노라."

그런데 사람들은 왜 묘비명을 멋지게 지으려 애를 쓰는 걸까?

쓸쓸한 산술대감

"아니, 요새 세상에 웬 편지람, 촌스럽게스리! 전화나 카톡으로 때리면 될 걸.. 아니면 이메일 날리든지…"

구시렁거리면서도 은근히 반가운 마음에 냉큼 뜯어본 산술대감의 편지에는 마종기 시인의 시 한 구절과 함께 짤막한 사연이 힘찬 달필로 적혀 있었다. 손으로 꾹꾹 눌러쓴, 그래서 온기가 전해지는 글씨를 보는 것만으로도 반갑고 고마웠다. 그래, 글씨란 이렇게 손으로 쓰는 것이지! 손가락으로 때리는 건 제대로 된 글이 아니지…

죽기 전에 몇 번을 더 만날까 궁리를 하다가
…<줄임>…
술김이었겠지만, 갑자기 목이 잠기더군
몇 번을 더 만나고 우리는 정말 헤어질 것인지
-마종기 시 <영희네 집> 한 구절

지긋지긋한 방구석 감옥살이 끝나는 대로 만납시다.
시에 나오는 대로 우리가 몇 번이나 더 만날 수
있으려나 계산해보니 문득 쓸쓸해지는구려! 총총…
바람 찬 날 아침 산술 드림

바로 전화를 걸었다.

"당장 만납시다! 방콕이고 개뿔이고 당장 만납
시다! 마스크 단단히 쓰고 공원에서 만나면 되지 뭐!
우리 동네 호수공원 어때요?"

그렇게 우리는 만났다. 엄청 반가웠다. 모범생 국
민학생처럼 나라에서 나가지 말란다고 집구석에만
투덜거리며 처박혀 지낸 나날이 안타까웠다.

햇살은 투명하게 따스하고 호수 물결은 재잘재잘
찰랑거리고 전염병 모르는 오리들은 뒤뚱뒤뚱 즐거
운데, 마스크로 얼굴 덮고 모자 푹 눌러쓰고 눈만 빼
꼼 내민 인간만 한없이 초라했다. 처량한 만물의 영
장…

우리의 산술대감은 세상일을 수치로 계산해서 해
석하는데 도가 튼 사람이다. 성능 좋은 계산기처럼
숫자가 좌르르 튀어나오곤 했다. '산술대감'이라는
별명도 그래서 붙었다. 숫자를 통해서 세상을 보면
뜻밖에 본질이 명확하게 보이는 경우가 많다는 것이

그 이의 지론이다.

"숫자로 접근하면 세상이 아주 다르게 보이지요. 소스라치게 놀랄 때가 정말 많아요. 보는 각도에 따라서 판단기준이 달라지는 법이니까… 덧셈 뺄셈도 있지만 곱하기 나누기도 있지요. 현미경도 있고 망원경도 있듯이…

가령 다석 유영모 선생은 나이를 햇수로 세지 않고 날짜로 헤아렸어요. 오늘 까지 몇 날을 살았다… 이런 식으로. 그러니까, 내 나이 칠십이다가 아니라, 25,550날을 살았다가 되는 거지… 그렇게 따지면 하루의 의미나 무게가 확연히 달라지지요.

아무튼, 숫자를 통해 보면 인간의 존재란 정말 앙상하고 초라해요. 한심하지요, 정말 한심해!"

산술대감이 무엇이든 숫자로 말하려드는 바람에 질색을 하는 사람도 많았다. 기인이라고 손가락하며 슬금슬금 피하기도 했다. 하지만, 그 이는 무엇이건 숫자로 분석해야 비로소 안심하는 것 같았다.

가령, 구약성서의 낱말수는 번역본에 따라 다르지만 대략 몇 단어다, 당신이 지금 읽고 있는 책의 글자는 모두 몇 글자가량 될 것이다, 내가 평생 먹은 밥알은 몇 알이나 될까, 베토벤 9번 교향곡 악보에는 모두 몇 개의 콩나물 대가리가 있다, 우리 동네 수타

국수집에서 지금까지 뽑은 국수발은 몇 가락이나 될까, 지금 우리가 후루룩후루룩 맛나게 먹고 있는 라면의 국수발을 곧게 펴면 몇 미터이므로 한국사람이 일년간 먹어치우는 라면 국수발을 모두 이으면 지구 몇 바퀴를 휘감을 수 있다, 사람이 사는 평생 동안 빠지는 머리카락이 몇 올이나 되는지 아느냐… 뭐 그런 식으로 진지하니 보통사람들과는 달라도 많이 달라 보이는 것이 사실이었다. 편하게 어울리기 어려웠다. 그래서 가까운 친구도 없고, 늘 쓸쓸하고 외로워 보였다.

하지만 나는 믿는다. 산술대감은 투명하고 진지한 인간이다. 그 이는 그저 심심풀이 재미로 시작한 숫자풀이를 계속하다보니 어느덧 돌팔이 철학자가 되었다며 쓸쓸히 웃는다, 산술대감의 웃음은 참 깨끗해서 푸근하다.

수학의 끝은 결국 철학이거든요…

나는 수학에는 영 취미가 없는지라 숫자만 봐도 경끼부터 일으키는 형편이라, 산술대감의 설명을 알아먹기 어려울 때가 많지만, 그럴듯할 때도 많았다. 그이의 어눌한 설명에는 사람을 끌어들이는 묘한 힘이 있었다.

산술대감에 따르면, 숫자의 힘은 실로 막강해서,

지금 우리 모두가 이미 숫자의 덫에 갇혀 살고 있다는 것이다. 인간은 숫자라는 막강한 거미줄에 걸린 날벌레 신세라며 쓸쓸히 웃는다. 가령 정치가들이 목을 매는 지지도, 텔레비전 프로그램의 시청률, 수입의 액수, 아파트 평수, 인생을 좌우하는 시험점수와 석차, 지금 만나는 사람의 키와 가슴둘레와 허리둘레, 주식시장과 복권에 적혀 있는 숫자들, 구독자수와 댓글수, 구독과 좋아요 눌러주세요옹… 그리고 주민등록 번호, 군번, 은행계좌 번호, 전화번호… 그리고, 예술작품 값에 붙은 동그라미의 수, 천만 관객, 밀리언셀러… 숫자가 인간의 가치를 평가하는 세상…

사람들은 숫자는 클수록 좋다고 생각한다. 숫자가 많아야 이기고, 숫자가 커야 훌륭한 사람, 성공한 사람이라고 믿어 의심치 않는다. 거의 대부분의 경우 그러하다. 비싼 그림이 좋은 그림이고, 많이 팔린 책이 훌륭하고, 표를 많이 얻은 사람이 당선돼 권력의 칼을 휘두른다. 돈은 많을수록 다다익선이다.

민주주의를 지탱하는 기본인 다수결도 결국은 숫자놀음이다. 숫자가 진리라는 허상이다. 많은 사람이 동의한다고 반드시 옳은 건 아니다. 숫자는 옳고 그름이나 진리와는 아무 관계도 없는 중립적 가치일 따름이다.

국가나 사회 같은 인간을 지배하는 시스템의 밑바닥에는 숫자의 논리가 도사리고 있다. 지배구조의 바탕은 숫자라는 말이다. 역사적으로 지배자들은 늘 그걸 강조해왔다. 그래야 지배가 손쉬우니까… 백성들이 원한다면, 많은 사람 들의 뜻에 기꺼이 따르도록 하겠다.

산술대감과 나는 오랜만에 평화로운 호수둘레를 천천히 걸으며 이야기를 나눴다. 에이, 진작에 이렇게 할 것을!

산술대감은 바깥나들이에 기분이 썩 좋은지 평소와는 달리 많은 이야기를 했다. 늘 그렇듯 새겨들을 내용이 많았다.

끔찍한 숫자풀이

이건 좀 듣기 불쾌할 수도 있겠지만, 아주 본질적인 이야기올시다. 모두들 애써 외면하는 불편한 진실…

서울 인구를 1천만이라고 칩시다. 이 사람들이 매일 한 덩어리씩 내놓지요. 변비 환자를 빼고 8백만이라고 치면 8백만 덩어리죠. 8백만 덩어리를 쌓아놓으면 제법 큰 동산이 될 겁니다. 서울에 하루도 빠짐없이 매일 그런 산이 하나 씩 생기는 거예요. 일 년이면 총 2,920,000,000개의 덩어리로 이루어진 365개의 산이 생기는 겁니다. 대한민국 서울특별시에서만… 생각해보세요. 끔찍하지 않나요? 모두들 더럽고 냄새 난다고 피하기만 하는데, 그렇게 간단한 문제가 아니지요.

그걸 어떻게 처리하나요? 물로 시원하게 쓸어내버리죠. 그게 어디로 갑니까? 대부분 한강으로 갔다가… 결국은 바다로 흘러가겠죠? 바닷물이 그 거대한 덩어리를 모두 끌어안아 소화시키는 겁니다. 얼마나 힘들까… 그렇게 바다를 괴롭히고 있는 겁니다, 인간들이…

어디 그뿐인가요. 플라스틱이니 비닐 쓰레기가 커다란 섬이 되어 바다 위를 하염없이 떠다니고 있다죠? 그걸 먹고 거북이도 죽고 상어도 죽고 고래도 죽고… 누가 버렸나요? 만물의 영장이라고 우쭐거리는 인간들이 버린 겁니다. 당연한 듯 버린… 그게 바로 우리 인간인 겁니다.

하지만 어쩝니까? 안 싸면 죽는데… 방법을 찾아야죠, 방법을!

무슨 뾰죽한 수라도 있나요?

그건 나도 잘 모르죠. 난 그저 숫자밖에 몰라요. 그저… 그저?

현실을 똑바로 알고 감사는 해야죠. 적어도 고마운 건 알아야 한단 말입니 다. 거기서부터 시작하는 겁니다.

그래서 어쩌자는…?

매일 아침 버리고 나서는 미안합니다, 감사합니다 라고 외치기라도 하는 겁니다. 그러는 동안에 우리 마음도 조금씩…

매일 아침?

매일 아침!

에이, 그거 너무 시끄러워서 곤란한데요. 8백만이 아침마다 미안합니다, 감사합니다 소리치면…

농담할 때가 아니예요. 그나마 지금은 자연이 너그럽게 받아주고 있지만, 어머니처럼 너그럽게 받아주고 있지만… 자연도 언제까지나 한없이 너그럽게 받아줄 수만은 없어요. 공기를 보세요, 날씨나 기온을 보세요.

하두 답답해서 내가 서울시에 건의를 하나 했다가… 미친 놈 소리만 듣고 말았네요.

호오, 무슨 건의를…?

아주 간단한 거예요. 변기에 앉아 있는 동안만이

라도 지구의 아픔을 생각하자!

그랬더니 뭐랍디까, 공무원 나으리들이?

지금은 새마을운동시대가 아니다, 시민의 자유를 어떤 모습으로든 억압하고 강요하는 것은 민주주의에 반하는 행동이다, 그리고 지구를 생각하다보면, 나오던 것이 놀라서 도루 들어가 버리고, 그렇게 되면 시민 건강에 심대한 악영향을 초래하는 중차대한 사태가 발생할 가능성이 없지 아니한데, 당신이 책임질 수 있는가?

젠장, 할 말 없네! 과연 대한민국 공무원들은 똑똑하게 깨어 있구만!

안타까운 계산

사람은 밥을 같이 먹는 동안 친해지고 인연도 깊어지는 법이지요. 그래서 한솥밥이 소중하지요.

예를 들어, 여기 40년을 같이 살아온 부부가 있다고 칩시다. 대략 14,600일 을 함께 산 셈이지요. 하루 한 끼씩으로 따져도 14,600끼의 식사를 함께 했다는 이야기예요. 대단한 인연입니다. 그렇죠?

그런데… 그런데 말이죠. 그 14,600끼 중 배우자가 맛있게 먹기를 바라며 진정으로 정성껏 차린 밥상이, 그러니까 대충 끼니 때우는 음식 말고 제대로

차린 밥상이 몇 끼나 될까 물으면, 자신 있게 대답할 사람 많지 않을 겁니다. 그렇죠? 어떻게 생각하시는지? 밥이 그러니 다른 건 더하겠죠?

가령, 상대방이 나를 섭섭하게 했던 일을 꼽으라면 주루르 와그르르 봇물 터진 듯 나오겠지만, 반대로 내가 상대방에게 상처준 일을 꼽아보라면 고개만 갸우뚱갸우뚱 도리도리… 대개가 그래요. 안 그렇습니까?

사람 사는 게 다 그래요. 듬성듬성 건성건성 대충

대충 엉성하기 짝이 없죠. 그 빈 데를 뭘로 메꾸며 사는 걸까요, 우리는?

흔히 말하는 사랑이니 정이니… 그런 걸로… 아니면, 그저 익숙한 습관으로?

내가 보기엔 그 빈자리를 채우는 건 세월인 것 같네요. 시간, 나이, 세월, 역사… 365일, 24시간. 60분, 60초… 결국 숫자겠지요? 그런데 그 시간의 소중함을 제대로 알고 제대로 사는 인간이 얼마나 될까요, 과연 얼마나? 그게 그러니까 무엇과도 바꿀 수 없는 단 한 번의 시간인데… 선생은 어떠신가요?

우리가 앞으로 몇 번이나 더 만날 수 있을까도 마찬가지죠. 그거 계산해보면 금방 답이 나와요! 아주 간단한 산술이니까… 빤히 알면서도 모르는 체 하는 거지요. 두려우니까! 만나는 횟수보다 질이 중요하다고 말들 하지만, 정말 그럴까요? 그런 생각을 하면 쓸쓸해지지요.

동감입니다. 우리 이제부터라도 열심히 만납시다. 그런데 말씀이야, 세상을 그런 식으로 숫자로만 보면 너무 무미건조하지 않나요? 숫자에는 감정이 없으니?

감정은 없지만, 그 대신 크기 넓이 부피 무게 같은 것이 있죠. 그건 감정에 따라 달라지지 않아요. 그래서 중립적이고 명확한 거죠. 아, 물론 세상에는 숫자로 따질 수 없는 것이 더 많죠. 믿음, 영혼, 성령, 영성, 외로움, 그리움… 아, 믿음은 신도수나 헌금액수로 계산할 수 있겠네… 난 그저 수치로 환산할 수 있는 것, 그래도 되는 것들만 숫자라는 렌즈로 볼뿐입니다. 남에게 강요하지도 않아요, 미친놈 소리는 듣고 싶지 않으니까!

산술대감은 쓸쓸히 웃었다. 투명하고 깨끗한 미소였다. 이 사람 참 좋은 사람이로구나 라는 생각이 절로 드는…

산술대감은 다시 한 번 강조했다. 따지고 보면 숫자는 인간이 만들어낸 가장 객관적이고 중립적인 가치라고, 그러니 숫자를 무시해서는 안 된다고. 그 말에 나는 동의했다. 정말 그럴지도 모른다는 생각이 들었다.

산술대감과 헤어져 문득 하늘을 올려다보니 낮달이 걸려 있었다. 청승맞게 웬 낮달이람! 여기서 저 낮달까지 거리는 얼마나 될까, 걸어가면 몇 년이나 걸릴까?

산술대감의 숙제

"뭐라구요? 지금 뭐라고 하셨어요?"

"제자로 받아달라고 했습니다."

"원 농담도 참 심하시구먼!"

"농담이 아닙니다. 잘 생각해보니까, 우리 삶에서 숫자가 차지하는 힘이 어마어마하다는 걸 깨달았어요. 아무 것도 아닌 것도 숫자로 표시해놓으면 절대적으로 보이면서 굉장한 힘을 갖는 것이…"

"그야 그렇지요. 숫자의 질서를 빼면 지금 우리 세상은 무너지고 말 걸요, 아마도…"

"그래서 제대로 공부해야겠다는 생각이 든 겁니다. 우리 산술대감님께 배우면서… 그러니 제자로 받아주세요."

"말씀은 고마운데, 우린 제자 같은 거 안 키웁니다. 더구나 이렇게 나이 많은 제자는 곤란하지요. 어흠!"

산술대감은 시원하게 술잔을 비우고 돌아앉았다.

나도 한 잔 마시고, 잠시 뜸을 들이고 말했다. 간단하게 물러설 일이 아니다. 이왕에 칼을 뽑았으니 썩은 무라도 잘라야겠다는 심정이었다.

"그렇담, 연구소라도 하나 차려서 본격적으로 연구하면 어떨까요? 이건 철저하고 입체적으로 연구할 필요가 있는 문제예요, 인류 평화를 위해서…"

"연구소요?"

"네 연구소! 산술문제연구소 아니면 수리철학연구소! 그럴듯하지 않습니까? 이 숫자의 문제를 깊이 파고들면 우리 사회의 문제점을 개선하고, 인간성을 회복하고… 그리고… 더 깊이 파고들면 종교적인 차원으로도 승화시킬 가능성이 충분하다는 생각이…"

"종교? 그러니까 지금 날더러 사이비 종교 교주라도 되라는 겁니까?"

"아니 내 말은 그게 아니고… 옳거니, 뭐 못 할 것도 없지요! 이왕에 하는 김에 종교 하나 만들지요, 뭐! 산술교나 수리교 어때요? 그냥 숫자교가 좋으려나? 종교 만들어서 인류를 위해 좋은 일 하면 되는 거 아닙니까?"

"쓸데없는 소리! 당치도 않은 소리 마세요!"

새 술잔을 나누는 동안 우리는 잠시 침묵했다. 산

술대감은 표정이 참 묘했다. 무례한 말이라고 화를 내는 것 같기도 하고 반가워하는 것 같기도 하고… 애매했지만, 나는 반가워하는 것이라고 내 멋대로 판단하기로 했다.

"그럼, 질문의 각도를 바꿔서, 다른 방향에서 여쭙겠습니다.

숫자의 막강한 힘을 나쁜 방향으로 이용해서 자기 이익을 챙기고 세상의 질서를 교란시키는 집단이 생길 가능성은 없습니까? 아니면 영화에 나오는 것처럼 외계인들이 숫자를 이용해서 침공한다든지…"

"그럴 가능성이야 충분하지요. 이미 그런 집단이 활동하고 있어요. 음모론이나 가짜 뉴스를 퍼트려서 인심을 교란시키거나 주가를 조작하거나 그런 일은 이미 흔하지요. 그런 사람들이 주로 쓰는 것이 숫자 조작입니다. 지난번 트럼프 미국 대통령이 끝까지 주장한 선거 부정도 바로 그런 거지요. 선거라는 게 숫자싸움이니까…"

"그렇다면 그런 악을 막아야 하는 의무가 우리에게 있는 거 아닙니까? 특히 산술대감님 같은 전문 지식을 가진 지식인이 침묵하는 건 죄악 아닌가요?"

"말씀은 옳은데… 나 같은 얼치기가 무슨 그런 거창한 일을…"

"그러니까 연구소를 차려서 제대로 파보자는 거 아닙니까! 인류 평화를 위해서… 아예 종교를 하나 차리던가!"

"공부하는 거야 좋지만… 제자 운운은 말도 안 되는 소리고… 아무튼 숫자 문제에 관심을 가져주시니 참 고맙구만요. 같이 공부할 수 있으면 좋지요. 함께 생각하고 공부할 건 너무 많지요, 너무도 많아!

이거 기분 좋은데 술이나 더 합시다."

"아, 그거 좋지요! 불감청고소원이올시다. 가만 있거라, 석류주가 어디 있더라?"

* * *

"그나저나 대감께선 어쩌다가 숫자에 빠지신 겁니까?"

"한이 맺혀서 시작했지요. 외롭기도 하고… 내가 숫자 때문에 피해를 많이 받으면서 살아왔거든… 도대체 숫자라는 놈이 뭔데 이렇게 나를 못 살게 구는지 파고 들어가다 보니… 나도 모르게… 가랑비에 옷 젖듯이… 이거 이야기하자면 아주 길고 구질구질한데… 들어보실라우?"

"좋지요! 불감청이나 고소원이올시다."

"그럼 숫자하구 관계된 것만 말씀 드리지… 에, 그게 그러니까…"

산술대감은 술잔을 비워가며 이야기보따리를 풀었다. 느릿느릿 어눌한 말투였지만 말하는 사람의 진심이 전해졌다. 아, 이 사람은 진실하고 고집이 어지 간히 센 사람이로구나 하는 느낌도 전해져왔다. 옛날에 태어났으면 정승 자리 했을법한 품격이 느껴지기도 했다.

우리 오마니레 교육열이 참말 대단하셨지요. 뜨거운 사랑이 철철 넘치셨지… 삼팔따라지 실향민 부모들이 다들 그랬지… 바람 찬 객지에서 믿을 거라곤 교육밖에 없었으니까… 그나마 차별 없이 공정한 건 학교 시험 성적이 유일하다 그렇게 믿었으니까… 개천에서 용 나려면 무엇보다도 객관적 평가기준인 성적이 점수가 중요하다… 뭐 그런 믿음이지. 거기서부터 숫자의 미신이 시작되는 겁니다.

아시겠지만, 우리 땐 일류 중고등학교라는 게 있어서 거기 들어가려면 입학 시험에 합격해야 했는데, 경쟁이 엄청 치열했지요.

내가 국민학교 땐, 초등학교가 아니고 국민학교올시다, 국민학교! 그런대로 공부를 잘 하는 편이라서 나라에서 제일 좋다는 중학교 입학시험을 쳤지요. 그런데 어찌나 경쟁이 치열한지 커트라인 근처에서는 1점 차이로 당락이 갈리는 판이었지요. 점수 다툼이 정말 살벌했지, 숫자가 한 인간의 인생을 결정하는 판이라, 숫자가 그렇게 무서워요, 숫자가!

아 그리구, 그때는 입학시험에 체력장이라는 게 있었는데… 기억나시지? 체력을 시험 점수에 반영하는 거라. 나랏님께서 그렇게 정하셨는지, 문교부 방침이 그랬는지, "건강한 육체에 건전한 정신이 깃든다"는 진리를 실천하려는 건지 원…

달리기, 공 던지기, 턱걸이… 이렇게 세 과목인데 이게 점수가 상당히 많아요. 그러니 이 체력장이 합격 불합격에 결정적인 영향을 미치는 거라.

그런데… 아시다시피, 난 몸이 부실해서 아무리 발악을 해도 높은 점수를 받을 수 없었어요… 죽을 힘을 다해도 안 되는 거야 어쩌겠나…

당연히 떨어졌지!

오마니가 우십디다. 망할 놈의 체력장을 탓하며 슬피 우셔…

나중에 사람을 통해 알아봤더니, 체력장만 없었으면 너끈하게 합격하고도 남았을 점수를 받았다는구먼…

허허… 체력장은 무슨! 실력이 모자라서 떨어진 거지… 몸이 그렇게 생겨먹은 걸 어쩌나… 도리 없지. 몸이 부실하면 죽을똥살똥 공부를 더 잘해서 필기 시험을 악착같이 잘 보면 될 거 아닌가, 점수 잘 받으면 되는 거 아닌가… 핑계는 대서 뭐해…

아무튼 그렇게 숫자의 희생양이 된 거요. 점수라는 숫자의 벽을 못 넘고, 내 인생항로가 그렇게 정해진 거지. 숫자가 뭔지!

오마니가 서럽고 안타까워하신 거에 비해, 난 제법 늠름했소이다. 그다지 슬 프거나 화나거나 그러지 않고 그냥 덤덤합디다. 까짓거 다시 하면 되지 뭐…

그래… 후기 중학교(2차라고 불렀던가?)에 들어갔더니, 온통 나 같은 숫자 피해자들이 모여있더구만… 대부분의 아이들이 고등학교 때 설욕하려고 칼을 갈고 있었지.. 쓱쓰윽쓱 칼 가는 소리가 사방에서 들려… 물론 시험에 떨어진 낙오자라는 낭패감이 차가운 안개처럼 짙게 깔려 있고… 안개 속에서 칼을 가는 소리가 들리는 거라, 쓰윽쓰윽…

그렇게 낙방의 치욕을 설욕하겠다고 저마다 칼을 가는 판이니 점수에 신경을 쓸 수밖에… 선생들도 점수에 아주 예민했지… 시험 점수 잘 올리는 선생이 좋은 선생인 거라…

내가 보기에는 숫자가 지배하는 살벌한 세계였지… 숫자가 도대체 뭔지?

그런데 말씀이야, 그런 살벌한 세상에서 고약한 선생을 담임으로 만나는 바람에 참 고생깨나 지긋지긋하게 했소이다. 성적 잘 올리는 유능한 선생으로 소문난 분인데… 그러니 학부모들이 좋아하는 선생이지…

이 양반이 지독한 숫자 신봉자인 거라. 우리 반 급훈이 <1점에 사랑의 매 한 대>였소이다, 웃기지 않소?

공부 잘하는 최우수반을 만든다며 시험 점수 1점 떨어지면 1대씩 때리는 거야, 1점에 1대씩! 그래서 급훈이 <1점에 사랑의 매 한 대>인 거라. 맞기 싫으면 열심히 공부해서 점수 올려라 이거지… 말이 쉽지 그게 어디 마음대로 되나! 그러니 날이면 날마다 매타작이요, 아이구 아이구 곡소리 낭자한 거라.

요새 같으면 이런 선생 어림도 없지, 당장에 모가지지! 암 당장에 쫓겨나지! 사랑의 매라나 뭐라나… 이건 원 매 맞으러 학교 다니는 건지 공부하러 다니는 건지… 아침저녁으로 매타작에 비명소리 낭자하고, 모두들 엉덩이가 벌개 가지고 엉기적엉기적 다니는 꼴이라니 그런 가관이 없는데… 너무 아파서 몽둥이 피하다가 급소를 잘못 맞아서 데굴데굴 구르다가 기절하는 놈에, 감히 사랑의 매를 피했다고 5배로 맞는 놈에, 그만 패라고 감히 대들다가 초전박살 나는 놈에…

이놈의(이놈 저놈 해서 미안) 선생이 반 아이들 전체를 혼자서 하나하나 일일이 때리려니 팔도 아프고 시간도 걸리는지라, 꾀를 내서 '매 당번'이라는 걸 정해서 매타작을 시키는데, 주로 야구부 놈들을 당번으로 맡기니… 홈런 때리 듯 정확하고 모질게 따악 따아악 아이구 나 죽네 사람 살려… 그런 생지랄 아수라장이 없는데…

그 바람에 시험 점수는 우리 반이 항상 일등의 영광을 차지하니… 속 모르는 학부모들은 좋은 선생님이라며 감사 감사… 단단한 몽둥이 들고 와서는 이걸 '사랑의 매'로 쓰시라며 굽실굽실… 아, 지금 생각해도 끔찍하네, 1점에 사랑의 매 한 대라!

오죽하면 내가 한 때는 어린 마음에 저 선생을 반드시 없애버리리라 작심을 하고 구체적 방안을 모색하기도 했소이다. 내가 보기에 저 인간은 새디스트임이 분명하다. 매질을 하면서 잔인하게 웃는 모습을 보면 틀림없는 변태적 새디스트라. 저런 잔인한 인간을 그냥 살려두는 것은 인류 평화를 위해서도 있을 수 없다. 반드시 제거해야 한다. 저런 인간 없애는데 내 한 목숨 바쳐도 좋다.

하지만 차마 살해계획을 실천으로 옮기지는 못했구만. 차마 그건 못하겠데. 그 선생놈이 매질을 하면서, 이게 다 네 놈들 잘 되라는 사랑의 매다. 한 대 때릴 때마다 내 가슴도 아파서 찢어진다, 피눈물이 난다 어쩌구 하는 거요. 허허 피눈물이 난다는데 어쩌겠소. 알면서 모르는 척 속아줘야지. 그래서 선생 이기는 제자 없다는 속담도 있지 않소. 아닌가?

어쨌거나 그건 그렇고, 그렇게 해서 중학교 때 떨어진 그 일류 고등학교 입학시험에 다시 도전했는데…

이번에도 낙방! 보기 좋게 미역국!

숫자의 장벽을 못 넘은 거라. 이번에는 체력장도 없었는데… 그렇게 맞아가며 공부했는데… 아, 정녕 내가 이거밖에 안 되나, 겨우 이거밖에…

오마니레 또 우십디다. 이번에는 나도 슬프데!

숫자로 인간을 줄세우기 하는 세상이 싫어집디다. 따지고 보면 실력 없는 내 탓이지만 말씀이야… 아슬아슬하게 벼랑으로 떨어지는 건 어쩐지 억울하달까.

후기 학교 중에 제일 좋다는 학교 시험 쳐서 간단

히 합격했지만, 어쩐지 내키지 않아서 안가고… 이리저리 헤매다니다가… 죽어버릴 생각이나 했소이다. 어린 마음에 에이 이럴 바에야 그만 살자는 생각이 들기도 한 거지.

나이 탓이었겠지… 매타작 선생을 죽여버리겠다고 생각하다가, 이번엔 나의 죽음을 생각하는 거야…

그러다가… 에잇, 죽을 용기라면 그 용기로 살아보자. 마음 단단히 먹고 다시 한 번 도전해보자. 삼세번이다, 삼세번!

어쩌다가 그런 신통한 생각이 들었냐구? 그거 다 얘기하자면 꽤 긴데… 아무튼 죽겠다는 생각으로 바다에 뛰어들었는데, 죽지는 않구… 춥다는 생각만 들더구만… 용감하게 뛰어들고 나서야 내가 수영을 할 줄 모른다는 생각이 나데, 아이구 사람 살려!

그래서 마지막이라고 생각하구 검정고시 공부를 시작했지. 곰곰 되짚어 생각해보니까 내가 정말 최선을 다해서 공부한 적이 없더라구… 그저 성적이라는 숫자에 묶여서 점수 조금 올라가면 우쭐대면서 웃고, 떨어지면 낙담하는 식이었지. 그놈의 점수라는 게 내 인격하고는 아무런 관계도 없는 건데 말씀이야… 그래 좋다, 실패하더라도 숫자라는 고약한 울타리를 넘어서서 최선을 다해보자. 그래도 실패하면 그때 가서 포기해도 늦지 않겠지… 그렇게 마음먹으니 편하고 공부도 재미있게 잘 됩디다.

　결국 검정고시에 털컥 붙었지, 우수한 성적으로 보기 좋게! 고등학교 3년 공부를 1년에 해치운 거요.

　이번엔 오마니레 웃으십디다, 환하게! 그 웃음 하나만으로도 피로가 싹 풀리고 보람도 느꼈지… 두 번 울음 끝에 찾은 웃음이라.

　가만있자! 이번에는 숫자의 덕을 보고 은혜를 입은 셈이네… 숫자라는 게 도대체 뭔데 이렇게 사람 운명을 좌지우지 하는거지?

　그런데 말씀이야, 그 검정고시라는 게 함정이라. 점수라는 숫자는 충족시켰는지 모르지만… 마땅히 거쳐야 할 과정을 건너뛰는 것이라, 문제가 많아요. 친구도 없지, 인맥 학맥도 당연히 없지, 사춘기의 미묘한 추억도 없지, 인생 고민도 제대로 못했지… 그 나이가 인생에서 매우 중요한 시기 아니요. 아이에서 어른으로 넘어가는 징검다리… 그걸 깡총 뛰어넘어버렸으니…

　한마디로 외롭지. 뭔가 쓸쓸하고 불안하고…

　그나마 그 점수라는 것마저 따지고 보면 말짱 꽝이야. 왜냐? 시험 치고 나오니까 그동안 공부한 것들이 어디론가 다 도망 가버렸어, 하나도 기억나는 게 없어. 그저 무작정 열심히 공부했다는 기억밖에 없는 거라, 거참 허망하데… 차라리 그 시간에 소설책을 읽었으면 뭔가 남았을 텐데…

아마 그때부터였을 거유, 숫자의 정체에 대해 관심을 가지고 파고들었던 것이… 파고들수록 그 놈의 숫자의 힘이 넓고 막강하더구만… 인간들을 꽉 잡고 있는 거야… 그리고… 조금이라도 좋은 인간이 되려면 숫자의 굴레에서 벗어 나야겠다는 걸 깨달았지…

그리곤 운이 좋아서 원하는 대학에 들어가서 공부하고, 졸업해서 월급쟁이로 바쁘게 살고, 어쩌다보니 유학도 가게 되고… 그러면서 숫자에 대해서 까맣게 잊고 살았지, 워낙 살기 바쁘고 빠듯했으니까… 그렇다기보다 내가 숫자의 흐름을 타고 숫자 덕을 보며 잘 나가는 동안에는 숫자의 정체에 대해 생각하게 되지 않았다는 것이 정확한 표현이겠지… 아니면 숫자 같은 거 신경 쓰지 않는 것이 편하게 사는 길이다라고 생각했는지도 모르지… 인간이라는 게 그렇게 간사한 동물이니까…

"이상이 내 이야기올시다. 어때요, 많이 지루하셨지?"

"아니 재미있네요! 재미는 있지만… 별로 특별한 이야기는 아니네요. 우리들이 다들 대충 그렇게들 살았지 않나요. 무슨 시험이건 붙는 놈보다 떨어지는 놈이 훨씬 많았으니까…"

"그야 그렇지, 다 붙으면 곤란하지"

"그나저나 그동안 숫자에 대해서 공부 많이 하셨으니, 모아놓은 자료도 많으 시겠네요."

"글쎄올시다. 더러 있긴 하지만 뭐 대단한 건 없어요. 학문적이거나 체계적인 것도 아니고… 그저 누구나 다 아는 상식적인 것들이지 뭐. 그저 취미생활 수준이니까."

"그걸 혼자 가지고 있지 말고 나누실 생각은 없으신지요?"

"관심 갖는 사람 있다면야… 얼마든지 나누지요."

"우선 제게 좀 나눠주세요. 관심이 많이 생겼거든요. 자료도 나눠주시고, 숙제도 좀 내주시고…"

"허허 그럽시다. 같이 공부하면 좋지요. 외롭지도 않고… 그럼 말 나온 김에 가장 기본적인 것들부터 정리해봅시다."

<1>
바야흐로 백세시대라며 모두들 건강에 관심이 굉

장한데… 건강에도 온통 숫자투성이라.

혈압, 심박수, 당뇨수치, 콜레스테롤 수치… 혈압이 얼마 이상이면 건강의 적신호이니 약을 드세요, 평생 먹어야 합니다. 고혈압은 '침묵의 살인자'예요, 아시겠어요?

평균수명, 기대수명… 키 얼마에 몸무게 얼마 이상이면 비만이다. 인간의 세포수는 얼마 얼마인데 매일 얼마 얼마가 죽고 새로 태어난다.

아무튼 모든 걸 수치로 환원하려 들어요. 왜냐? 그래야 뭔가 정확한 것 같고, 안심이 되거든…

하지만 사람의 건강이라는 게 그렇게 간단한 게 아니지요.

이건 그냥 웃자고 하는 소린데, 코로나 19라는 이름을 코로나 18로 했으면 적어도 한국에는 못 왔을 겁니다. 아무리 바이러스라지만 욕먹으면 자존심 상하지요. 5천만 국민이 이구동성으로 욕하는 나라에 뭐 하러 오겠어요? 안 그래요, 코로나-18 양반?

<2>

오늘날 인간을 지배하고 있는 게 뭡니까? 컴퓨터지요. 바로 그 컴퓨터의 기본 원리도 숫자예요. 우리에게 친숙한 10진법이 아니라 2진법이죠. 2진법이

뭔고 하니… 왜 이해가 좀 어려우신가?

인터넷으로 검색해보세요. 숙제라고 생각하고…

아무튼 그 2진법 원리가 지금 인간의 정신세계를 지배하고 있는 거예요. 어디 정신세계뿐인가, 막강한 힘으로 생활 전체를 지배한다고 해도 지나친 말이 아니지…

그런데 말씀이야, 그 엄청난 녀석도 전기만 끊으면 바로 죽어 자빠집니다. 끊기는 그 순간에 바로 꼴까닥!

그러니까, 인류 멸망시키는 거 생각보다 간단해요. 전기 끊어버리면 되는 거라. 만물의 영장이라고 뻐기는 인간들이 알고 보면 가느다란 전기줄에 대롱대롱 매달려 살고 있는 거요.

아, 숙제 잊지 말고 하시기를… 2진법에 대해서, 아시겠죠?

\<3\>

지금 인간을 지배하고 있는 또 한 가지가 있습니다. 뭘까요? 그렇죠, 돈이죠! 인간들은 돈의 노예나 마찬가지지요.

돈과 경제의 뼈대가 뭡니까? 숫자지요, 숫자! 모든 것이 숫자로 돌아갑니다. 경제성장률, 환율, 주식

시장, 이자율, 실업률, 물가… 부동산 경기, 고리대금, 인플레, 연봉… 돈 놓고 돈 먹기, 빈부격차, 빈익빈 부익부, 양극화… 숫자를 빼면 경제도 성립할 수 없지요.

그 돈가치라는 게 어디까지나 상대적이지. 저 남아프리카 짐바브웨라는 나라의 미친 물가 이야기 들어보셨지? 인플레가 어찌나 심한지 계란 3개에 1000억 짐바브웨 달러(Z$)일 때가 있었지요. 달랑 달걀 3알에 1,000억! 그 짐바브웨는 2007년 이후로 엄청난 초인플레이션을 겪었는데, 당시 미화 1달러가 200억 짐바브웨 달러가 될 정도로 화폐가치가 폭락했다는 이야기! 숫자놀음 치곤 참 고약한 숫자놀음이지…

<4>

3181562541951674911…

이게 무슨 숫자인지 아시겠소? 무슨 패스워드나 암호 같다고?

자세히 보면 금방 알아채시겠지만, 역사적으로 중요한 의미가 있는 날들을 적어놓은 거예요. 이렇게 엄청난 의미를 가진 날들을 우린 숫자로 표시하고 숫자로 인식합니다. 아무런 의미도 갖지 않은 중성적인 숫자로… 독립만세운동과 3월1일이 무슨 관계가 있나요? 중요한 건 그 일이 일어난 날짜가 아니라 사건의 내용이지요.

그런데 우리는 숫자로 표시해요. 왜 그럴까요? 생각해보세요. 이게 두 번째 숙제입니다, 두 번째 숙제.

<5>

우리 사회를 지탱하는 질서들의 바탕도 숫자지요. 주민등록번호, 여권번호, 연공서열, 민증까기, 짬밥…

다양한 패스워드, 암호 같은 것들…

인간을 번호로 부르면… 그 순간 인격이고 뭐고 다 사라지고 물건이 되지. 잔인한 폭력입니다. 군번, 학번, 죄수 번호… 죄인의 형량…

잔인하지만 그게 질서유지엔 편리한 거라. 줄을 세워야 비로소 안심이 되는 거라.

한국의 경제력은 세계 몇 위, 군사력은 몇 위, 공무원 청렴도는 몇 위… 스포츠 세계에서는 더 하지… 가령 올림픽 경기에선 단 0.1초 차이로 메달 색깔이 바뀌고, 사람대접도 싹 달라지지요.

<6>

가장 중요한 학교교육에서 숫자 폭력은 정말 심각

하지요, 심각해!

시험성적, 석차, 입시 점수(요새는 수능 시험 점수인가?), 커트라인, 성적순으로 줄 세우기… 좋은 학교에 몇 명이나 보냈는가… 얼마나 잔인해! 성적과 인간성은 아무런 관계도 없는데 말씀이야… 시험 점수 높다고 행복하다는 보장도 없지… 일등만 살아남는 세상의 비정함만 칼날 같지…

아이큐라는 수치는 얼마나 믿을 수 있나요?

<7>

현대 정치를 지배하는 것도 숫자!

우리가 믿어 마지않는 민주주의의 기둥인 다수결의 원칙… 글쎄 많은 사람이 믿는다고 그게 진리일까?

아무튼 정치가들은 지지율, 득표율에 목을 맬 수밖에 없지, 무슨 수를 쓰건 표를 많이 얻어서 당선돼야 하니까…

그러다보니 온갖 부정, 조작, 꼼수, 뇌물…

트럼프 미국 대통령 같은 분도 나오는 거지. 아마 그 양반 아직도 진짜로 자기가 이겼다고 믿을 꺼요. 자기최면에 걸린 거지.

<8>

행복지수라는 것이 있지요? 들어보셨지? 나라별로 점수를 매겨서 발표하고... 우매한 인간들이 행복까지 수치로 계산하려듭니다 그려.

왜냐? 그래야 객관적인 것처럼 보이고, 서로 비교가 가능해지니까… 행복이란 어디까지나 개인적인 것이라서 전혀 객관적인 것도 아니고, 비교의 대상도 아닌데 말씀이야

하긴 뭐 영혼의 무게까지 수치로 계산하려 드는 판이니… 어떤 의사가 영혼의 무게를 재봤더니 27그램인가 라지요, 원 세상에…

이런 전통은 아주 오랜 옛날부터 있었지요. 주역, 사주팔자, 궁합, 길일, 토정비결…

민족마다 좋아하는 숫자도 다르지… 중국인은 8, 한국 사람은 3, 서양사람은 7 뭐 그런 식으로… 한국사람들 4라면 질색을 하지, 그래서 4층은 아예 없는 건물도 많고…

<9>

옛날에 지배자들은 천하를 통일하면, 우선 하는 일 중의 하나가 도량형의 통일이었어요. 기준이 되는 숫자를 하나로 통일하는 것이지. 그래야 지배하고 다

스리기 쉽고, 세금 매기기도 좋으니까…

그게 지배력의 상징이기도 하지. 요새 세상을 보면 금방 알 수 있어요. 지금 한국에서는 아파트 크기를 평수로 말하면 안 된다지요? 제곱 미터로 표기해야 한다니… 참 복잡하네요.

어디 간단하게 비교해봅시다.

길이, 거리: 리(里), 미터, 마일, 야드, 피트, 인치, 자(尺), 해리, 광년

넓이: 평, 마지기, 평방미터, 에이커, 헥타르

무게: 근, 그램, 파운드

부피: 홉, 되, 리터, 갤런

온도: 섭씨, 화씨

참 복잡해요, 정신이 없지. 일본의 장인들은 척관법을 쓰는 게 몸에 배었고 그래야 일이 제대로 되는데, 나라에서는 미터법을 쓰지 않으면 불법이라며 예산을 주지 않으니, 옛날 건물이나 문화재 보수공사를 할 때 할 수 없이 도면을 척관법과 미터법 두 가지로 만들어 가지고, 관리하는 공무원이 볼 때는 미터법 도면을 위에 놓고 있다가 실제 작업할 때는 옛날식 척관법 도면을… 그런 웃픈 이야기를 책에서 읽었소이다. (에이 로쿠스케 지음 <장인>에서)

<10>

확률이라는 거 아주 그럴듯해 보이지만 허상입니다.

그 신기루 같은 허상을 교묘하게 이용해먹는 것이 복권, 로토, 도박 그런 것 이지. 도박장의 777이니 38광땡이니 블랙잭의 21 같은 짜릿한 숫자들의 유혹! 이런저런 확률 숫자를 그럴듯하게 떠들어대지만, 현실적으로 당사자에게 확률은 항상 50%인 거예요. 어떤 경우에건 죽느냐 사느냐, 기냐 아니냐 둘 중의 하나인 거라구요. 안 그렇습니까?

<11>

예술에서도 숫자는 막강한 작용을 합니다.

특히 음악이 그렇지요. 음악은 수학이라는 말도 있지요. 특히 작곡에서는 화음, 대위법…

건축이나 대형 구조물 같은 큰 미술은 숫자 없이 존재 자체가 불가능하지요. 문장의 리듬도 마찬가지. 예를 들어 시조의 운율 343435……

<12>

숫자는 사람을 속입니다, 홀린다고 할까?

가령 미국에서 물건 가격표를 보면 $9.99입니다,

$10이 아니예요. 그렇게 써놓으면 싸 보이지요. 두 자리 숫자와 세 자리 숫자의 차이는 큰 겁니다.

그래서 나라나 정부도 그렇고 장사꾼들도 그렇고… 교묘하게 숫자를 조작하죠. 반올림 같은 걸 요상하게 이용하기도 하고…

가령 코로나 19 확진자가 99명인 것과 102명인 것이 미치는 심리적 영향이 다른 식입니다.

<13>

요새 사람들은 어디서나 편리함을 찾지요. 숫자에서도 그래요.

가령, 전화번호도 외우기 좋은 번호는 비싸게 팔리기도 하지요. 8949, 4989, 4949, 2828, 8282, 4343, 5858 같은 번호들…

귀찮다고 자식 이름 대충 짓는 부모도 옛날에는 있었지요. 일식이, 이순이, 삼돌이, 사식이, 오숙이…

정치가들은 사람을 연령별로 분류합니다. 386세대, 2030, 이대녀… 사람을 그저 표로 보는 수작이지요.

<14>

결국 숫자는 어디까지나 상징이요 약속이지요.

숫자의 상징성은 매우 중요합니다. 예를 들어 38 선은 우리 민족에게 엄청난 의미를 갖지요. 실제로 우리나라를 갈라놓는 건 휴전선, 군사분계선이지만 우리 마음은 38선을 분단의 경계선으로 인식하는 겁니다. 이런 예는 참 많지요.

우리 각자에게도 개인적 상징성을 갖는 숫자가 있습니다. 그걸 소중히 여겨야 합니다.

<15>

요새 유행하는 음식 레시피라는 거… 숫자로 표시하면 얼핏 보기엔 정확하고 과학적인 것 같지요. 물 몇 그램, 진간장 두 큰 술, 맛술 작은 술 하나, 고춧가루 얼마, 설탕 얼마… 어쩌구 하는데… 제 아무리 그래봐야, 어머니가 눈 대중 손짐작으로 대충대충 적당적당 만드는 손맛 못 따라가지요? 숫자란 그런 겁니다, 안 그래요?

둘째 마당
살벌한 금

사발그릇 깨지면 산산쪼각 나지만

삼팔선 깨지며는 다시 하나 된다

참 곱구나, 함께 보는 노을

<고문관 할배께서 들려준 이야기를 간추려 옮겨 적는다. 1998년에 시작된 금강산 관광이 한창 인기를 모으던 무렵에 들은 이야기다. 지난날의 낡은 이야기인줄로만 여겼는데, 그렇지도 않은 것 같다. 이런 사연들이 그저 옛날이야기로 여겨지는 날이 하루라도 빨리 오기를 간절히 바란다.>

사발그릇 깨지면 산산쪼각 나지만
삼팔선이 깨지며는 다시 하나 된다네
아리아리 쓰리쓰리 아라리요
아리아리 고개로 넘어가네

<1>
△…야 썩을 놈아, 그나저나 너… 참말로 이거 꼭 해야 쓰것냐? 엄청 위험 할 턴디…
▽…아, 다들 금강산 관광 간다고 들떠개지구 생

난리법석들인데, 나도 고향 찾아가야지! 내레 이렇게 늙었으니, 마냥 더 기다릴 수가 없구나야.

△…깨빡허문 죽을 수도 있는디…?

▽…죽을 지도 모르디… 이래 죽으나 저래 죽으나 거기서 거기 아니가? 인생이 별 거 있네? 아리랑 흥흥흥이디…

△…야, 이 썩을 놈아! 그렇게 죽고 싶으냐? 죽을 때 죽더라도 통일되는 거 보고 죽어야지! 네 놈이, 통일되는 거 보려고, 시원하게 철조망 걷어치우고 고향에 가려고, 고향 가서 사랑하는 마누라 만나서 덩디덩기 아리랑 타령 부르려고… 여지껏 악착같이 살아남은 거 아니냐!

▽…기거야 기렇다만… 기르타구 거저 퍼질러 앉아개지구 나이만 처먹고 늙어 꼬부라질 수야 없는 노릇 아니가! 사람이레 그래서야 안 되지, 안 그러네?

△…에라 모르겠다! 술이나 한 잔 하자. 대처 나간 길에 큰 맘 먹고 좋은 놈으로 한 병 사왔다. 자 잔 받아라!

△…야, 너 이 소리 좀 들어봐라. 네가 들으면 까무러치게 좋아할 것 같아서 대처 나간 길에 구해왔다.

▽…히야, 이거이 대체 무슨 소리가? 거 소리 참 묘하네, 피아노 소리 같긴 한데… 소리에 짙은 녹이 잔뜩 슨 거이… 야, 거 수리성 한번 대단하구나야, 대단해! 사람 죽이누만 기래! 소리 좀 높이라우, 높여!

△…이것이 바로 통일피아노라는 것이란다. 휴전선 철조망으로 만든 피아노 소리… 어쩌냐, 눈물 나지 않냐?

▽…옳거니, 어쩐지! 철조망이 우는구나, 철조망이 흐느껴!

△…저 놈의 철조망은 언제나 삭아 없어지려나?

▽…아새끼레, 술맛 떨어지는 소리 작작 하라우! 철조망 우는 소리 안주 삼아 술이나 마시자, 술이나!

야, 노을 한번 미치게 곱구나야! 하늘이 우시는 건가?

<3>

▽…아이구 허리야, 아이구 다리야, 아이고 오마니 나 죽소!

△…어찌 많이 아프냐? 구급차 부르랴?

▽…망할 놈의 아새끼, 이거이 다 네 놈 때문 아니가! 망할 노무 아새끼, 손매가 어찌나 매웠으면…

△…아서라 말아라, 이 썩을 놈아, 또 그 타령이

냐? 그게 언제 쩍 일인데 또 꺼내냐?

▽…지금도 온 몸이 쑤셔대니까 기르티, 이놈아!
몇 십년이 지나도록 이렇게 아물지 않고 아픈 상처
는 난생 처음이다.

△…그러니 이제 와서 날더러 어쩌라는 말이냐?

▽…어쩌라는 거이 아니라, 아프다 그 말이다.

△…하긴, 그때 내가 고문 하나는 참말로 잘 했지,
고문왕으로 소문이 자자 했으니께. 나한테 걸리면 불
지 않는 놈이 없었응게. 네 놈만 빼면 단 한 놈도 없
었어! 내 말 알아 들었냐 시방?

헌디, 넌 그 때 왜 안 불었냐? 순순히 불었으면 덜
맞았을 턴디 말이여… 솔직허니 말혀서, 그때 난 널
심하게 조질 생각은 없었어야… 뭐랄까, 어쩐지 마
음에 들었다고나 할까, 뭔가 끈끈한 정 같은 걸 느꼈
다고나 할까… 아무튼 살려주고 싶었지, 왠지는 모르
겠지만 말여. 내 말 알아 들었냐 시방?

근디 니 놈이 끝까지 불지 않고 뻗대니까 자존심
이 몹시 상해부렀지… 왜 안 불었냐?

▽…불 건덕지가 있어야 불지, 이놈아!

△…산자락 오르락거리며 산사람들 만나다 잡혔
는데, 불 게 없다고? 고것이 말이 된다고 생각허냐
시방?

▽…내레 거저 우리 동네 살던 아저씨가 거기 있다고 해서, 우리 집 소식이나 들을까 해서 간 게 전분데 불 게 뭐 있네? 우리 부모님은 살아 계신지, 내 각시는 어쩌고 있는지 궁금해서…

△…아따, 그 시절에 산자락 오르내리는 수상한 놈을 그냥 둘 수야 없는 일이제, 암! 게다가 북에서 넘어온 놈이라니 제대로 걸려분 것이제!

▽…아새끼레, 기걸 자랑이라고 하는 거이가?

△…자랑은 무슨 얼어 죽을 놈의 자랑! 아니여, 아니여! 낸들 하고 싶어 그짓 했겠냐. 목구멍이 포도청이라, 다 살자고 한 짓이지… 그 난리통에 살아남는 것보다 더 급한 일이 있었겠냐? 모다 살것다고 거시기허니께 거시기헌 것이여.

근디 말이다, 그 때 나는 참말로 북에서 온 놈들은 모두 죽일 놈이고, 산자락 다니는 놈들도 몽땅 위험한 놈들이라고 그렇게 믿었다, 참말로…

▽…예라, 이 썩어질 노무 아새끼!

△…핑계 같아서 말하기 싫다만… 우리 아버지가 나 보는 앞에서 빨갱이들에게 맞아 돌아가셨다. 피눈물 나는 일 아니냐?… 근디 내가 어찌 빨갱이를 그냥 둘 수 있겠냐?

▽…할 말 없다! 할 말 없어!

<4>

△…지나고서 생각하니께 도무지 사람 할 짓이 아니더라, 도무지… 내가 때린 사람들 얼굴이 자나 깨나 자꾸 떠올라서 말이지… 내 말 알아 듣냐, 시방?

차마 세상에 나오지 못하고 숨어서 살았다. 맞아 죽을까봐, 무서워서… 산에 들어가 머리를 깎던지, 어디 멀리 이민이라도 가고 싶었는데, 그것도 마음대로 안 되더라. 내 말 알아 듣냐, 시방?

그렇게 숨어서 비실비실 살다가… 어느 날 네 놈과 딱 마주친 거지, 운명처럼!

▽…내레 그땐 정말 네 놈을 죽이고 싶었다. 감옥에서 나와개지구 정처 없이 떠돌다가… 딱 네 놈과 마주쳤을 때… 찬비 처량하게 추적추적 내리는 가을날 저녁 무렵이었지…

△…사실 그땐 나도 맞아 죽을 각오를 했었다… 네 놈 눈빛이 상처 입은 들짐승처럼 살기등등했고, 난 맞아 죽을 짓을 했으니까…

▽…도망칠 생각은 안 했네?

△…거 뭐이냐, 나도 잘 모르겠다만, 네 놈한테만은 구차한 꼴 보이고 싶지 않았다. 알량한 자존심이랄까…

▽…구차하고 싶지 않았다고?

△…그게 도망친다고 될 일이냐… 지은 죄가 있는데… 게다가 목숨보다 중한 내 식구들도 같이 있었는데 말이여…

▽…그래 기억나누나야, 비를 흠뻑 맞으면서 네 옆에 꼭 붙어서있던 여자… 바들바들 잔뜩 겁에 질린 얼굴… 그 품에 안긴 어린아이 해맑은 눈망울에…

내레 그만 무너지고 말았지. 고향에 두고 온 마누라 얼굴이 떠올라서…

△…그랬구나, 그랬었구나. 마누라하고 딸 덕에 내가 살았구나, 아서라 말아라, 마누라 딸내미 얘길랑 더 하지 마라, 눈물 난다, 눈물 나!

▽…그 티 없이 맑은 눈망울 앞에 정말 꼼짝도 못하겠더라

△…고왔지, 정말 곱고 맑았지…

▽…찬비를 맞으면서 생각해보니끼니, 네깟 놈 때려죽이고 평생 감방에서 살 생각을 하니 참 아득하더라, 젠장…

△…고맙다는 말밖에는 할 말 없다. 무슨 말을 더 하겠냐.

▽…기르구, 어쩐 일인지 네 놈이레 날 살려줬다는 생각이 퍼뜩 들더라. 그래 이번엔 내가 살려주자, 기르문 피장파장 비기는 거다…

△…헌디 말이다, 그때 걸레쪼가리처럼 엉망으로 망가진 네 놈 몰골을 보니 차마 그대로 둘 수가 없더라. 그때 넌 도무지가 사람꼴이 아니었어… 금방이라도 무슨 일 저지를 짐승 몰골이었단 말이여. 그냥 둘 수가 없었제. 내 말 알아 듣냐, 시방?

▽…그래 그때 네 놈이레 했던 말 지금도 기억한다. 밥은 먹었냐, 싸울 때 싸우고, 죽일 땐 죽이더라도 우선 술이나 한 잔 하자.

△…그냥 뒀다가는 참말로 죽을 것 같았으니께. 그래서 기운 차리고 사람꼴 날 때꺼정 만이라도 내가 보살펴야겠다고 생각헌 것이여, 그러다보니께… 내 말 알아 듣냐, 시방?

▽…썩어질 노무 아새끼! 하긴 뭐… 네 놈 덕에 지금까지 살아 있으니… 사람이라는 거이 뭔지, 산다는 거이 뭔지, 참 우습다. 네 놈 때문에 망가진 내레 네 놈 덕에 살고 있으니 우습지 않네…

<5>

△…하기사, 때린 놈하고 맞은 놈이 이렇게 아웅다웅 같이 살고 있으니… 세상이라는 게 참 얄궂기는 얄궂다.

▽…생각해보문 철천지웬수에서 친구 되기까지

참 멀고도 멀었지… 툭 하문 치구박구 우리가 오죽 많이 싸웠네! 따지고 보면 같은 길 가는 거이 그렇게 어려운 일 아닌데 말이지…

△…그려 그려, 한 세상 살다보면 말이지… 말도 안 되는 일이 아주 간단하 게 돼버리는 수가 있는 법이여. 우리 둘처럼 말이지. 결국은 하나될 운명인 걸 모르고 아웅다웅하는 거지, 안 그러냐?

▽…참말로 신기한 거이 말이지, 피 터지게 싸우다 보니끼니 어느 순간에 퍼뜩… 38선 철조망도 원통한데, 사람 사이에까지 38선이 웬 말이냐 그런 생각이 드는 거야, 참 신기하게도 말이다… 어째 기런 생각이 들었는디 지금도 모르겠는데 말이다.

△…서로 노려보며 마주 앉아서 깐깐하게 따지고 계산만 안 하면 간단하게 되는 일인데 말이지… 살아보니까 인생은 흥정이 아니더라! 그런 말씀이지. 내 말 알아먹냐, 시방?

▽…옳거니, 거 말 참 잘하누나! 야, 기분 참 좋구나야! 취하도록 마시자.

<6>
▽…자, 이거 받아라, 선물이다.
△…뭣이여, 선물? 어째 안 하던 짓을 하고 난리냐?

114

▽…네 줄라고 내레 마음 단단히 먹고 정성껏 깎은 탈이다.

△…우와, 좋네! 이거 엄청난 예술이로구나! 이걸 날 준다고? 날 줄라고 깎았다고?

▽…어째 마음에 드냐? 그 탈바가지처럼 벙글벙글 웃으며 늘 씩씩하게 잘 살아라.

△…뭣이여, 너 시방 뭐라고 했냐? 날더러 잘 살라구? 아니, 그럼 너 정말…? 너 꼭 해야겠냐, 정말로?

▽…내레 거저 사람답게 살고픈 거다. 저기 내 고향이 빤히 보이는데… 철조망 넘고 강 건너면 내 고

향인데… 거기 날 기다리는 사람 있는데… 자세히 보면 두고 온 마누라도 보일 것 같은데… 기른데 아무 것도 안 하고 있을 수는 없디 않네… 너라문 가만있겠네? 가야지, 거럼! 마땅히 가는 게 사람 아니네? 사람이 뭐이가, 사람이?

△…썩을 놈! 세상이 그렇게 말랑말랑한 줄 아냐? 아, 이놈아 세상에 제일 어려운 게 사람구실이다, 이 썩을 놈아!

▽…내레 그런 어려운 거 모른다. 거저 내가 할 수 있는 일을 할뿐이지… 철조망 홀쩍 뛰어넘고 강 건너고…

술이나 먹자! 너 이런 노래 들어봤네?…

말없이 나란히 앉아 지는 노을 바라볼 벗 하나 있다면… 그것이 인생의 고마운 선물…

야, 노을 참 곱구나.

술맛 좋고, 고운 노을 함께 바라볼 벗 있고… 참 좋구나, 좋아!

살벌한 금

이 금 넘어오지 마! 넘어오면 죽어!
넘어오면 침입자 되고
침입자는 적이야, 웬쑤!
예전에는 하나였었었었었었다는 말
그런 헛소리 하지 마!
금 밟지 마, 죽어!

어느 날부턴가 그 살벌한 금이 조금씩 지워지며
흐릿해지기 시작했어요. 영원히 변하지 않을 것 같던
근엄함이 조금씩 허물어지는 걸 생생한 실감으로 느
낄 수 있었지요. 누구나 느끼면서도 아무도 말은 하
지 않았습니다. 세상이 그렇게 아슬아슬했어요.
   아무래도 밤이 의심스러웠지요. 어쩐지 밤이 궁금
했어요. 역사는 밤에 이루 어진다는 말 믿어도 되는
걸까요? 결국은 참지 못하고 한 밤중에 살그머니 일
어나 살펴보았답니다.

세상에나! 깊은 밤, 토끼와 다람쥐와 들쥐와 기타 등등 온갖 짐승들이 그 살벌한 금을 마음대로 넘나들며 잔치를 벌이고, 덩실더덩실 한바탕 춤을 추고 나면, 그 근엄하고 살벌하고 오만하고 고집불통이고 징그럽고 무서운 금이 조금씩 아주 조금씩 지워지는 것이었어요.

정신을 차리고 보니, 나도 모르게 뛰어들어 그 무서운 금을 넘나들며 덩실덩 실 춤을 추고 있었지요.

금 그은 자들이 깜짝 놀라, 금 둘레로 폭약을 촘촘히 묻었습니다. 건드리면 무섭게 터지는 괴물들 위에서 춤을 출 수는 없었지요.

춤추는 목숨들이 없어지자 금 그은 자들은 안심하고 술을 퍼마셨지요. 그랬더니 이번에는 두더지, 지렁이, 굼벵이, 땅강아지, 뱀 같은 땅 파는 목숨들이 떼거지로 모여들어 간단하게 문제를 해결해버렸습니다. 그리고 다시 밤마다 춤판이 벌어졌고, 금은 점점 희미해져갔어요.

누군가는 노래를 불렀고, 누군가는 시를 낭독했습니다.

모두들 한 목소리로 노래하며 춤을 추었지요.

결국, 지워지지 않는 금이란 세상에 없는 법,

새들도 물고기들도 벌레들도 마음대로 넘나드는데
사람들 눈에만 살벌한 금.
사방천지 여기저기 금 그어놓고
싸움질에 여념 없는 인간은
그래서 만물의 영장, 자랑스러운 영장.
영장들에게 영장을 발부하라, 구속영장.

오늘밤도 몰래몰래 아주 조금씩 흐릿해지는 금.
결국은 없어질 금.

춘자야, 연탄 갈아라!

오래 전의 일이다.

내가 처음 미국에 와서 필라델피아에 있는 한국 신문사에서 일할 때였으니까 그렁저렁 45년 전쯤의 일이다. 그런데도 이상하게 꽤나 생생하게 기억에 남았다.

내가 일하는 신문사는 큰 길가에 있었다. 그 동네에도 희뜩버뜩 건들거리는 흑인들이 많았고, 조심하지 않으면 큰 코 다친다는 친절한 가르침을 무수히 들었었다. 미국 온지 얼마 안 돼 어리버리하는 나는 잔뜩 겁에 질려 긴장하고 있었다. 흑인만 보면 금방이라도 달려들 것 같은 강박관념에 시달리곤 했다. 근거도 없이 몸이 그렇게 반응했다. 어처구니없는 고약한 선입견이라고 머리로는 생각하면서도, 몸은 나도 모르게 팽팽하게 굳어왔다.

어느 날의 일이었다.

마감시간에 쫓겨 기사를 쓴답시고 낑낑거리고 있는데, 커다란 흑인 한 명이 불쑥 들어왔다. 무척이나 우락부락 험상궂은 녀석이었다. 물론 잔뜩 긴장하였다. 놈이 권총이라도 꺼내면 어쩌나…. 마침 직원들이 점심 먹으러들 나가고 두세 명밖에 없었으므로 더욱 긴장할 수밖에 없었다.

헌데 흑인녀석은 희번덕하는 눈길로 주위를 휘이 둘러보더니, 느닷없이 씨익 웃었다. 새까만 얼굴에 새하얀 이빨만이 커다랗게 번득였다. 그리고는 체구에 걸맞지 않는 소프라노로 소리쳤다.

춘자야, 연탄 갈아라!

나, 똥두천 빠보, 이히히힛…

안녕 끼시오!

그리고는 부끄러움 타는 국민학생처럼 서둘러 나가버렸다. 아주 잠깐 사이에 벌어진 일이었다. 그것 참 어안이 벙벙했다. 제 딴에는 한글간판을 보는 순간 반갑고, 두고 온 애인 춘자 생각이 나서 들어온 모양이었다.

어쨌거나 "춘자야, 연탄 갈아라!" 는 대히트였다. "안녕 끼시오" 는 더욱 재미있었다. 그 녀석이 한 말 모두가 한편의 시라는 엉뚱한 생각이 들 지경이었다. 안녕 끼시요라니! 끼긴 뭘 껴?

그 친구는 한국사람들이 흑인을 연탄이라고 낮잡아 부른다는 사실을 알고 있었을까?

그 날은 참 요상한 날이었다.

한참을 지나니, 이번에는 노랑머리 파랑눈의 풋내기가 한 명 들어왔다. 갓 스물이나 되었을까 말까 한 애송이었다. 어쩌면 고등학생 같기도 했다. 엿장수 목판 같은 것을 하나 메고 있었다.

녀석은 또렷한 우리말로 "안녕하십니까?" 라고 깍듯이 인사를 하더니, 노래를 부르기 시작했다.

우리의 소워는 똥일
꿈에토 쏘오워는 똥일
이 모쿠쑴 빠치어서 또옹일…

어쨌거나 노래를 2절까지 불렀다. 아주 진지한 소원을 담아 엄숙하게 불렀다. 마치 자기의 진정한 소원이 한반도 통일이라는 듯한 독립투사 같은 얼굴이었다.

그리고는 목판을 활짝 열더니 땅콩을 팔기 시작했다. 심하게 표현하자면 한국 버스 안의 앵벌이 소년이나 똑같은 풍경인 셈이다.

까짓것 비싸기는 했지만 사줬다. 이놈아, 똥일이 아니고 통일이다, 토오옹이일… 그렇게 중얼거리며 사줬다.

자기는 달(MOON) 선생네 똥일교에서 나왔노라고 했다. 그렇게 땅콩을 팔고 다니면 통일이 되느냐고 물었더니, 자기는 그렇게 믿는다고 자신있게 대답했다. 그러면 통일과 땅콩이 도대체 무슨 관계냐고 물었더니, 그런 건 어려워서 잘 모르겠노라고 어깨를 으쓱하고 만다.

허허, 세상 참… 무심코 땅콩 껍질을 까보았더니 얄궂게도 한반도 형상인데, 아래위로 땅콩알이 하나씩 붉은 껍질을 뒤집어쓰고 앉아 있었다. 아하, 과연 통일과 땅콩은 밀접한 관계가 있구나… 그런 초현실적인 깨달음이 들었다. 참으로 묘한 느낌이었다.

그날 연이어 일어났던 두 가지 자그마한 일을 오래도록 기억한다. 그리고 자꾸 되씹게 된다. 거기서 나는, 흑인이라고 무조건 겁먹지 말일이며, 백인이라고 공연히 주눅 들지 말라는 땅콩알만한 교훈을 얻어냈다. 그 교훈은 그 이후 이 미국이라는 바람 찬 벌판에서 황량한 삶을 헤쳐가는 동안 내게는 제법 큰 힘이 되었다.

문제의 핵심은 고정관념이었다. 흑인을 조심하라고 그렇게도 가르쳐주던 선험자들의 자세에도 문제가 있었다고 생각된다. 내게 그렇게 가르쳐 준 사람들도 따지고 보면 실제로 흑인들에게 크게 당한 일이 없는 셈인데, 그저 '안전제일'이라는 생각만으로 내게도 그렇게 가르쳐 주었던 것이다. 그리고 그 교훈은 지금도 꾸준히 전수되고 있고, 엄청난 선입견으로 굳어지고 있다.

단일민족이라는 자부심을 그토록 자랑하여 마지 않는 우리 배달겨레가 이 황당스러운 인종의 용광로 속에서 현명하게 살아가는 길은 과연 무엇일까를 곰곰히 생각해 보게 된다. 우리는 거침없이 그리고 당연한 듯이 깜둥이, 깜씨, 연탄, 멕짱, 짱깨, 되놈, 짱골라, 쪽발이, 왜놈, 양키, 코쟁이라는 말들을 사용한다. 그러면서 일말의 우월감마저 느낀다.

그러나, 어느새 우리는 동방의 유태인, 제2의 유태인이요, 돈 밖에 모르는 지독한 일벌레라는 영광스럽지 못한 소리를 듣고 있다. 그저 정착단계에서 있을 수 있는 사소한 부작용이라고 넘겨버릴 수는 없을 것 같다.

"춘자야, 연탄 갈아라! 안녕 끼시요"

"우리의 쏘워는 똥일!"

베벌리힐스의 화약냄새

구경 한번 자알 했는데…

오늘은 즐거운 날, 신나는 날.

한 달에 한 번 있는 경로의 날. 우리 나성달동네 노인들에게는 정말로 신나는 날이다.

오늘의 관광지는 그 유명뻑적지근하다는 로데오 드라이브. 세계의 모든 최고급 물건이 몽조리 모여 있다는 곳. 돈냄새 있는 대로 풍풍 풍기는 베벌리힐스의 노른자위.

허름한 나성달동네에서 문패도 번지수도 제대로 없이 사는 주제에 마음 상하게 그런 얄궂게 몹쓸 동네에는 뭣하러 가느냐는 의견도 있었지만, 구경은 어디까지나 구경이니까 그런 요상한 곳도 한번쯤은 휘둘러봐둬서 손해날 것은 없다는 주장이 약간 많아서 즐겁게 떠나기로 정해졌다.

허기사, 거기에 가보면 돈이라는 요물이 도대체 무엇이길래 그렇게 우리네 인간사를 바닥부터 휘어

잡아 휘두르는 것이며, 인간이란 과연 평등한 것인가, 도대체 무엇이 우리를 주눅 들게 만드는 것인가… 그런 따위를 약간은 느낄 수 있을지도 모를 일이었다.

어쨌거나 구경이란 즐거운 일이니까 떠나고 볼 일이었다.

안내를 맡은 것은 언제나와 마찬가지로 우리의 어네스트 신이었다.

요즈음 세상에 어네스트 같이 무던한 사람도 드물었다. 그렇게도 어려운 인생의 구비곡절을 늠름하게 이겨내는 것도 보통 일이 아니었다. 인생의 쓴맛 단맛 매운맛 비린맛을 그저 웃는 듯 마는 듯 빙그레 웃으면 그만이었다. 날이 갈수록 얄팍해져만 가는 세상에 그런 두툼하고 묵직한 사람도 있다는 것이 신기할 지경이었다. 어째서 사람들이 자꾸만 그렇게 얇아져 가는 것인지… 정말 모를 일이었다.

어네스트의 삶은 간단하지가 않다. 시시콜콜 이야기보따리를 풀자면 삼박사일은 족히 걸릴 것이다. 좀 거창하게 말하자면, 현대의 역사라는 거대한 수레 바퀴에 치어 어쩔 수 없이, 거부할 수도 없이 엄청나게 무거운 짐을 걸머진 어린 양, 현대 인류의 커다란 아품 중의 작은 한 부분을 몸으로 상징하는 그런 인물이라는 이야기다.

어네스트의 삶을 알기 위해서는 아버지 이야기부터 시작해야 한다. 어네스트의 아버지는 미국에 입양된 전쟁고아였다. 6.25 전쟁통 피난길에 부모를 잃었다. 서로 타려고 아우성치는 피난 열차에 아들을 겨우 태웠지만, 부모는 미처 타지 못했다는 기막힌 사연…

그 이는 자기 부모가 죽었다고 결코 생각하지 않았다. 틀림없이 살아 있을 것이라고 굳게 믿었다. 한국전쟁 때 그의 나이 4살. 폭탄 터지는 소리와 화약 냄새 속에 아스라이 가물거리는 기억의 쪼가리를 가질 만한 나이였다. 그런 기억에 의하면 그의 부모는 죽지 않았다. 잠시 헤어졌을 뿐이다.

그렇게 믿는다. 믿고 싶다. 믿어야 한다.

그래서, 그 이는 부모를 찾으려고 무진 애를 썼다. 미군에 자진입대해서 한국 비무장지대에 근무하기도 했고, 1983년 생방송으로 진행된 남북 이산가족 찾기 운동이 한창일 때는 그야말로 두 눈에 쌍심지를 켤 정도였다. 옆에서 보기가 딱할 지경이었다.

부모님을 만나야 한다. 꼭 뵈어야한다.

그러나, 메아리는 되돌아오지 않았다. 안타까운

세월만 흘러갈 뿐 메아리는 끝내 돌아오지 않았다. 폭탄 터지는 요란한 소리가 귓전을 때릴 뿐… 찢어지는 비명소리가 귓전을 뒤흔들 뿐…

붉은 세월의 찢어진 사연을 되살려낼 수는 없었다. 그저 한스러운 세월만 속절없이 흘러갈 뿐…

그런 아버지의 강한 영향으로 어네스트도 할아버지 할머니가 어디엔가 살아 계신다고 굳게 믿었고, 아버지와 마찬가지로 미군에 입대하여 비무장지대에 자원 근무하기도 했다. 거기서 아버지의 모국을 두 동강으로 나누며 거만하게 번쩍이는 철조망을 두 눈으로 똑똑히 보았고, 판문점이라는 이상한 곳에서 근무하기도 했다.

그리고 거기서 지뢰를 밟는 바람에 죽을 뻔 했다. 철조망을 좀 더 자세히 보고 만져보고 싶어 가까이 갔다가 그만 터져버린 것이다. 하느님이 보우하사 크게 다치지는 않았으나, 마음의 상처는 엄청나게 컸다. 그의 삶을 지배할 정도로 엄청났다.

그 사고로 미국으로 돌아와 민간인이 된 어네스트는 어쩐 일인지 뿌리를 못 내리고, 다시 군인이 되었다.

"난 아무래도 군대 체질인가 봐요."

다시 미군이 된 어네스트는 이라크 전쟁에도 참전

했고, 아프가니스탄에 파견되어 전투에도 참여했다. 아프간 전투 중에 죽다 살아날 정도로 크게 다치는 바람에 제대를 할 수밖에 없었다.

미국에 돌아왔지만 이번에도 일반 민간인 사회에서 뿌리를 못 내리고, 우리 나성달동네로 흘러들어와 삶의 둥지를 틀었다. 그리고는 고향에 돌아온 듯 비로소 아주 편안한 기분이 되었다. 피는 속일 수 없었다. 상이군인 어네스트가 웃으며 말했다.

"한국 아저씨들 아주 편해요. 모두들 군대 갔다 왔으니까, 잘 통해요!"

그런 사연으로 인해서 어네스트는 노인들을 끔찍하게 모신다. 그저 모두가 부모처럼 느껴진다는 것이다.

나성달동네의 경로의 날도 어네스트가 만든 것이었다. 한 달에 하루씩 동네 어른들을 위해서 봉사하겠다고 나섬으로써 경로일이 만들어졌다. 이 날의 관광 안내는 물론 식사대접까지 모든 것을 어네스트가 책임진다. 제법 돈이 들 텐데도 그는 기꺼이 그것도 자청해서 이 일을 맡았고, 한 번도 빠짐없이 실행에 옮겼다.

너나 할 것 없이 빡빡한 미국생활에서 보통 정성

으로는 되는 일이 아니었다. 그런데도 어네스트는 오히려 한 달에 한 번밖에 못 모시는 것을 송구스러워했다.

　나성달동네에 처음 들어왔을 때 어네스트는 우리말이 서툴렀다. 거의 못하는 정도였다. 커다란 어른이 어린아이처럼 말하는 모습이 우습기도 했었고 측은하기도 했었다. 그러나 열심히 배우고, 한글학교에도 꼬박꼬박 다니더니 이제는 제법 유창하게 우리말을 구사하게 되었다. 가끔 재미있는 실수를 하지만 그것은 오히려 애교였다.

　　　　*　　*　　*

　히야, 그거 경치 한번 요상허고 냄새 한번 고약허다… 아무리 휘둘러보아도 도무지 사람동네가 아닌 것 같구나…

　허허, 그거 모르는 소리! 사람 위에 사람 있고, 그 위에 또 사람 있고, 그 위에 또 사람 있는 것이 요즈음 세상 돌아가는 이치 아닌가…

　허허, 돈만 가지고 너무 그러지들 마시게나…

　그거 또 모르는 소리! 오늘날에는 돈이 만물의 척도라 그 말씀이야. 돈이 왕이요 신이라, 아시겠어?

돈이라… 돈… 그것 참…

어쨌거나 돈 냄새가 지독하기는 지독하군…

허허, 정녕 사람의 세계가 아니로다…

저마다 한 마디씩 떠들어대는 통에 한동안 시끌벅적해졌다. 지나가는 사람들 마다 흘끔흘끔 쳐다보고 난리였다.

허기사, 그것은 야릇한 풍경이었다. 세계에서 제일 비싸다는 동네 한가운데를 가난한 배달의 노인네들이 떼지어 활보하니, 기묘하게 어울리지 않을 수밖에 없었다. 초현실주의 그림의 한 토막 같기도 했다.

로데오 드라이브라고 하지만 뭐 그렇게 대단한 거리는 아니었다. 겉보기에는 그저 조금 화려한 길거리에 지나지 않았다.

그러나, 속으로 들어가 보면 사정이 한결 달라지는 모양이었다. 이 세상의 최고급품이 몽땅 모여서 서로 뽐내며 돈냄새를 풍겨댄다는 것이었다. 들은풍월에 의하면, 돈은 엄청 많은데 할 일은 특별하게 없는 여편네들이 쇼핑인지 뭔지를 한답시고 우리네가 1년 동안 뼈 빠지게 벌어야 겨우 벌까 말까한 돈을 반나절이면 가볍게 써버린다는 그런 동네였다.

가게마다 대충 기웃거려보니 과연 요지경이었다. 아예 들여보내지 않는 곳이 있는가 하면, 굽신굽신

거리며 마실 것을 정중히 대접하는 곳도 있고, 별스럽지도 않은 물건에 엄청난 가격표를 붙인 곳이 있는가 하면, TV에서나 보던 삐까 번쩍하는 물건들이 즐비하고… 아무튼 요란하기 그지없었다.

정말 요지경 속이었다.

그러나 어느 한 곳도 우리에게 마음 문을 열지는 않았다. 기차게 예쁘기는 하지만 도도하기 그지없는 서양여자처럼 차갑기만 했다. 도대체가 남의 세상이었다.

얼음 위를 걸어다니는 듯한 기분이었다. 주눅이 들어 조심스럽기만 했다.

그쪽 역시 경계의 빛이 역력했다. 기분이 나빴다.

도무지 흥이 안 나고, 피곤하기만 했다. 물건이라는 것이 사는 재미인데, 애시당초가 올라가지 못할 나무이니 괜스레 불쾌해지기만 했다.

대충 둘러봤으니… 이제 그만들 가세… 골이 아파서 원… 그려, 집에 가서 라면 삶아먹고 바둑이나 한 판 두세…

바로 그때였다.

일이 터진 것은 바로 그때였다.

커다란 쇼핑센터를 거의 휘둘러보고 막 나오려는

참이었다.

저쪽에서 노랑머리 계집아이들이 무슨 일인지 호들갑스럽게 깔깔거리며 풍선을 터뜨려댔다. 자기들끼리 무슨 파티라도 하는 모양이었다.

인형처럼 앙증맞게 생긴 금발 아가씨가 터트린 폭죽이 어네스트 쪽으로 피융 날아오더니 요란한 소리를 내며 터졌다. 폭죽소리에 노랑머리 계집아이들이 뭐가 그리 즐거운지 까르르 웃으며 박수를 쳐댔다.

바로 그때였다. 폭죽이 터지는 순간 어네스트가 성난 짐승처럼 고함을 치기 시작했다, 길길이 날뛰며…

시끄러! 이 새끼들아. 시끄러!

쏘지 마! 쏘지 말라구!

그 고함소리에 눌려 주위가 온통 조용해졌다. 어네스트는 정적 속에서 성난 짐승처럼 마구 포효해댔다. 아무리 말려도 소용이 없었다.

어네스트의 그런 난폭한 모습은 처음이었다. 그저 놀랄 수밖에 없었다. 양처럼 순박하고 매사에 그저 빙그레 웃기만 하던 사람이, 어째서 느닷없이 고함을 치며 날뛰는지 정말 알 수 없는 일이었다.

경찰이 달려오고, 우리 달동네 관광단은 당연히 쫓겨났다. 어울리지 않는 사람은 어디에서나 밀려나는 것이 세상의 당연한 이치인 모양이었다.

차가운 콜라를 한 잔 마시고 한참 후, 어네스트는 겨우 제 정신으로 돌아온 듯 했다.

아니, 이게 무슨 일인가…? 이제 괜찮은가?

네… 미안합니다. 어르신들…

아니, 우리한테 미안할 꺼야 뭐가 있나… 그래 어때? 이제 정신이 들어?

네…

아니, 도대체 왜 그랬어?

갑자기… 폭탄이 터지고… 화약냄새가 나고… 거

기 서 있으려니까, 갑자기… 마구 폭탄이 터지고…
아우성치는 소리가…

모두들 숙연해졌다.

트라우마로구만, 전쟁 후유증이야…

그 즈음 신문 방송에서는 미군 철수 후 혼란스러
운 아프가니스탄의 끔찍스러운 소식을 어제도 오늘
도 쏟아내고 있었다. 거리는 시신과 피로 물들었다,
시신이 공중을 날아다니고 거리엔 피 흥건, 최후의
날 같았다…

가련한 우리의 어네스트는 지금도 겁에 질린 눈
길로 전쟁판 싸움터 한 가운데 서있는 셈이었다. 전
쟁은 지나간 옛일이 아니었다. 하기사, 이 지구상에
서 전쟁이 없는 날은 단 하루도 없었을 것이다. 전쟁
은 언제나 어디선가 항상 현재진행형이다. 지금 이
순간에도.

어네스트는 차를 몰고 돌아오면서도 계속 싸움은
안 돼요, 전쟁은 안 된다구요, 사람 죽이는 전쟁은…
라는 말만 되풀이했다.

전쟁은 안 돼요, 싸우면 안 돼요.

외로운 섬

"어이, 강 박사! 표정이 왜 그래? 무슨 일 있으셨나? 또 어떤 몹쓸 놈이 치받던가?"

"음… 그게… 그… 검을뫼가 말이야…"

"검을뫼? 검은 산(玄山)이 왜?"

"자네, 내가 쓴 글… 읽었나?"

"<검뫼 화백의 작품세계> 말인가? 읽었지, 암 읽었구 말구! 감동적이었어, 나도 모르게 눈물이 나더군… 찬바람 매섭던 한 시대를 함께 부대끼며 살아온 그림쟁이의 사무친 외로움과 마음 깊은 곳을 그렇게 절절하게 이해하고 쓴 글이라니… 쉬운 일이 아니지, 암! 감동적이기도 하고 부럽기도 하고… 나를 그렇게 이해해주는 벗이 있을까, 과연 있을까… 싶어서…"

"헌데 말이지, 그게…"

"왜? 검뫼가 마음에 안 든다던가?"

"아니, 그 친구도… 감동해서 울었지… 전화통에

대고 어린아이처럼 엉엉 울었어…"

"그런데 왜?"

"그 친구 혈압이 높은 걸… 깜빡 잊고 있었어…"

"혈압?! 저런!"

"너무 기쁘고 행복하다며… 친구들을 모두 불러 모아놓고… 한바탕 마셨는데… 너무 과했던지…"

"쓰러졌나? 저런!!"

"바로 병원으로 옮겨져서… 목숨에 지장은 없다지만…"

"그럼 지금 병원에 있는 거야?"

"아니 좀 좋아져서… 지금은 집에 있는데… 집에 가서 그림 그리겠다고 어찌나 떼를 쓰는지… 그 친구 정신이 들어서 날 보더니… 고맙고 미안하다며, 울먹이데… 뭐가 미안하다는 건지 원…"

"정말 괜찮은 거지?"

"무척 외로웠던 모양이야. 뼛속까지… 왜 이 땅의 예술가들은 그렇게 외롭게 살아야 하는 건지, 왜 그렇게 외롭고 힘들게…

격려하는 글 하나 쓰는 것도 조심스러울 정도라니, 이게 말이 되는가 말이야! 왜 서로 툭 터놓고 서로 보살피며 살지 못했는지? 외로운 사람끼리 서로 기대고 부대끼며 살지 못했는지? 살기가 그렇게 힘들었나? 우리가 그렇게도 삭막한 사람들이었나?"

"하긴 그래, 모두들 떠들썩 왁자지껄 잘 사는 척 했지만, 속은 안 그랬던 거야… 칼바람 매서운 벌판에 혼자 서있는 아득함이라니… 견디기 어려워 술집이나 기웃거리고… 안 그런 척 허세나 부리고…"

"저마다 외로운 섬이었단 말인가…"

"그래도… 그래도 말이야… 난 예술이 날 구해줬다고 생각하네! 그렇게 믿어… 그림에 매달려 그 험한 물결 가까스로 건너서… 아무튼 여기까지 와서… 여기 이렇게 살아 숨 쉬고 있으니 말이야…"

"그건 그렇지… 그거마저 없었다면… "

"가세!"

"가긴 어딜?"

"검은 산 보러 가야지! 너무 늦었지만, 이제부터라도 사람답게 살아야지… 사람답게!"

새롭게 태어나기

"허허… 그것 참…"

원로시인 뜬구름(浮雲) 선생은 신문을 슬그머니 옆으로 밀어놓고, 소주잔을 들어 단 숨에 마셨다. 쓰다.

'원로'라는 낱말이 영 마음에 들지 않지만, 70도 한참 넘은 나이에 중견이라고 우기기도 뭣해서 가만히 있긴 하지만, 원로라는 말을 들을 때마다 사형선고처럼 목덜미가 근질거리곤 했다.

할 수만 있다면 신인으로 되돌아가고 싶다. 처음으로 내 글이 책에 실렸을 때 방망이질 치던 가슴, 활자화된 시를 읽으며 마셨던 축하주의 시원한 맛, 첫 시집을 들고 어머니 묘지 앞에 엎드려 흘린 뜨거운 눈물… 그 시절로 돌아가고 싶다.

밀어놓은 신문에는 이런 글이 실려 있었다.

응모작은 크게 늘었지만, 아쉽게도 당선작을 내지 못한다.

눈길을 끄는 작품이 아주 없지는 않았다. 가령 000 님의 작품도 그렇다. 하지만 모자람이 더 많았다. 우선 낡은 냄새가 난다. 글공부를 오래 한 듯 글을 이끌어가는 솜씨는 그런대로 매끄럽고 안정적이었지만, 소재를 다루는 시각이 새롭지 못하고 진부하다는 느낌이 강했다. 신인답지 않다. 남의 흉내를 낸 흔적이 진한데 이는 금물이다. 많은 가능성이 보인다. 포기하지 말고 정진을 바란다.

원로시인 뜬구름 선생은 창문을 열었다. 신선한 공기… 오슬오슬… 혼자가 된 뒤로 자주 오슬오슬 춥다.

잔디밭에서 토끼 한 쌍이 다정하게 풀을 뜯어먹고 있다. 부부일까?

전화가 울린다. 같은 동네에 사는 닥터 장이다. 오랜 친구가 한 동네에 산다는 건 대단한 축복이다.

"신문 읽었네. 내 지금 건너가리다. 내기에 졌으니 약속대로 한 잔 내셔야지"

<2>

"내기에 이겨서 얻어먹는 술이지만 어째 쓰구만, 써!"

"그러게 말씀이야…"

"원로작가가 신춘문예에 응모하다니, 신문에 큼지막하게 날 일 아닌가? 심사위원이 당신 제자인 것 같던데? 그런데 보기 좋게… 낙선이라! 망신도 이런 망신이 없지!"

"망신은 무슨 망신… 난 절실했네, 정말 절실했어! 그 동안 제대로 쓰지도 못하면서 대접만 받은 것이 부끄러울 뿐이지. 난 간절했어, 간절한 마음으로 출발선에 서고 싶었어. 계급장 모두 떼어버리고, 순수하게 시로 평가 받고 싶었다구…

자, 한 잔 받으시게! 내기에 졌으니 오늘은 내가 크게 한 떡 쏘리다."

"신춘문예밖에 없었나, 새 출발하는 방법이? 다른 방법도 얼마든지 있었을 텐데…"

"사람들에게 가장 잘 알려진 방법으로 평가받고 싶었지. 가장 널리 알려진 평가의 기준이란 도대체 밀까? 나도 한 때는 심사라는 걸 겁 없이 많이도 했었는데…"

"그래서 한 방 먹이시려고?"

"아니야, 아니야! 이 나이에 무슨 그런… 진심으로 새로 시작하고 싶었어, 진심으로…"

"좀 읽어볼 수 없나?"

"뭘?"

"그 멋지게 떨어진 낙선작 말이야!"

"내가 보기에도 떨어질 만해…"

<하나>

산불이 나도 피하거나 도망칠 수 없는

나무들은

당당하게 서서 타죽으면서도

저 아래 뿌리께서 솟아오르는

푸른 새싹들 노래에 슬프지 않네.

재잘재잘 무럭무럭

온 세상 하나로 촘촘히 이어져

아기 병나면 엄마 아프고

여기 뜨거우면 저기 차갑네.

<둘>

가난한 내 주머니에 슬그머니

들어온 남의 손

잡으려다 참았네,

오죽했으면…

아니 어쩌면 애당초

내 것이 아니었겠지…

온 세상 하나로 촘촘히 이어져
내 주머니 네 주머니 따로 없지
단단한 어깨동무.

<셋>
깊은 숲 한 구석
엄마나무는 어디서 날아온 지도 모르는
아기나무 보듬어 키운다.
세상은 그렇게 죽고, 그렇게 새로 태어난다.
-아이구, 어쩌다 너른 땅에 뿌리 박지 못 하고 좁
디좁은 내 가슴에 내려 앉았니?
-인연인 모양이죠 뭐! 하지만, 난 여기가 좋아요.
엄마 품이 따듯해요. 냄새도 좋고…
-그래, 마음껏 자라거라. 내 모든 것 다 줄 테니,
아낌없이 다 줄 테니…

"음, 좋은데, 좋아! 평생 아픈 사람들 신음소리
상대하며 살아온 나 같은 문외한이 뭘 알겠소이까마
는… 이 시는 뭐랄까… 목숨과 관계의 소중함을 노
래한 것 같구만…"

"그게 느껴지시나? 그것 참 반가운 소릴세 그려. 기분 참 좋은데, 내 술 한 잔 받으시게!"

"그런데, 신춘문예 감은 아니로구만 그래!"

"어째서?"

"에, 그게 그러니까… 시가 너무 쉽고 단순해! 그 래서 떨어진 거야."

"글쎄, 그렇게 간단하진 않겠지…"

<3>

"그나저나 글동네가 온통 시끄럽겠구만 그래."

"그러게 말씀이야. 쓸데없는 노인네 주책 때문에"

글동네에서는 이런저런 추측이 나돌고, 이러쿵저 러쿵 중구난방 갑론을박은 가라앉지 않았다.

－로맹 가리와 에밀 아자르를 흉내 내다가 실패한 것이다.

－새롭게 다시 태어나기 위해 발가벗고 자기 점검 을 하고 싶었던 노작가의 순수한 영혼에 존경을 보 낸다. 그렇게 하기까지 얼마나 많은 고민을 하고 망 설였을까? 용기에 뜨거운 박수를 보낸다.

－큰 어른에게 너무 큰 상저를 드렸다. 이제 우리가 속죄하는 마음으로 치유에 나서야 한다.

－차라리 떨어지기를 잘 했다. 뽑혔더라면 더 우습

고 꼴사나운 장면이 벌어졌을 것이다.

　-문학은 시대의 산물이다. 문제의 글을 읽어보니 진부하다는 느낌이 드는 느낌을 떨쳐버리기 어려운 느낌이라는 느낌을 떨치기 어렵다. 아무튼 신인 공모에 맞는 작품이랄 수는 없다. 문학은 시대의 흐름과 함께 가야 한다. 어쩔 수 없는 일이다.

　-문학이 시대의 흐름에 맞춰야 한다는 말은 과연 얼마나 설득력이 있을까? 예술은 유행이 아니다. 그래서는 안 된다.

　-어쨌거나 결과적으로 우리 글동네를 혼란에 빠트린 것은 부정할 수 없는 사실임이 분명하다. 지도적 위치에 있는 사람이 할 일이 아님도 명확하다. 안쓰러울 따름이다.

　-아니다. 우리 자신을 되돌아보고, 문학의 본질을 진지하게 생각할 좋은 계기가 되었다. 노작가의 충격요법에 감사드린다. 자, 문학도반들이여, 모두 잠에서 깨어나자!

　<4>
　"이런 예가 자주 있나?"
　"무슨 예?"
　"이름 난 원로가 신인으로 다시 출발하는 일 말

씀이야."

"글쎄… 더러 있지. 여러 개의 필명으로 작품 활동한 작가도 있고. 아, 로맹 가리가 좋은 예가 되겠구만. 그 친구 1956년 발표한 <하늘의 뿌리>로 공쿠르 상을 받으며 단숨에 유명해진 인기작가였는데, 1975년 에밀 아자르라는 이름으로 소설을 써서 또 한 번 공쿠르상을 받았지. 한 작가가 이 상을 두 번 받은 예가 없다지."

"아, 그 유명한 <자기 앞의 생> 말이지?"

"아무도 눈치 채지 못했는데 권총자살하면서 털어놓았지. 야, 이 놈들아, 사실은 내가 바로 로맹 가리인 동시에 에밀 아자르다 라고 말이야."

"왜 그랬는데?"

"첫 작품으로 공쿠르상을 받은 이후로는 어쩐 일인지 발표하는 작품마다 평론가들의 비판을 받아 심적으로 많은 고통을 받았다지… 비평가들과 사이가 안 좋기도 했고, 독자들의 열광에서도 멀어지니까 자기 스스로를 시험해본 것이겠지. 갑자기 인기가 떨어지면 심리적으로 불안해지는 법이거든.

어떠냐, 훌륭하신 평론가놈들아! 네 놈들이 혹평하며 씹어댄 로맹 가리와 거품 물며 칭찬한 에밀 아자르가 같은 사람이다. 바로 나다! 나 로맹 가리가 에밀 아자르로 다시 태어난 거다, 이놈들아! 엿이나 먹어라! 나는 간다! 잘 있던지 말던지 꼴리는 대로 해라, 나는 간다."

"하지만, 우리 부운 시인은 안 그랬잖아? 아무도 비판하지 않았던 같은데… 누가 감히 부운을 비판하겠나? 칭찬 일색이었지!"

"그게 더 무서운 독약이지, 독약……

시를 습관처럼 썼으니까. 익숙해진 기술자처럼, 숙련된 언어기능공처럼 말씀이야. 그렇게 나온 시들은 너무 매끄러워서 비판할 여지가 없거든…"

"그건 그렇겠네. 알 것 같아."

"어느 날, 문득 이런 생각이 들었어. 신문사에 보낼 시를 한 편 써서, 보내기 전에 읽어보는데… 별로 흠잡을 데 없이 매끈하긴 한데…… 이런 시는 인공지능이 얼마든지 쓸 수 있겠다는 생각이 느닷없이 엄습하는 거야. 땅이 꺼지는 것처럼 아득한데! 꼼짝도 못하고 한 나절을 그렇게 굳어 있었네. 나도 모르게 눈물이 흐르더군.

야, 이 시답지 않은 시 공장 공장장아, 그만 공장 문을 닫아라! 부끄럽지도 않느냐?

아무 것도 없는 백지 상태에서 새로 시작해보고 싶었네. 그러지 않고는 견딜 수가 없었어. 정말 절실했지.

그리고, 몸에 밴 시 쓰는 기술을 털어내는데 참으로 오랜 시간이 걸렸지. 정말로 힘이 많이 들었어. 습관을 버리는 게 그렇게도 어렵더군…

물론 나도 알아, 신춘문예 응모가 새 출발의 가장 좋은 방법은 아니라는 것, 노인네 노망 때문에 힘들어 할 사람이 생길 거라는 걱정… 내가 일으킨 흙탕이니 내가 잠 재워야지, 결자해지 아닌가?

자, 골치 아픈 이야기 그만하고, 시원하게 한 잔 하세! 좋은 벗이 한 동네에 있으니 참 든든하구만, 든든해!"

<5>

"왜 그리 쓸쓸해 보이나? 혼자라서 그런가?"

"그래 보이나? 사람이란 게 결국은 오독허니 혼자 아닌가… 외로워야 시도 나오고 그런 거 아닌가."

"그야 그렇지만… 연애라도 좀 하지 그래."

"연애? 지금 하고 있는 걸"

"그래? 누구하고? 상대가 누군가? 좋은 사람 만난 모양이지?"

"상대? 당연히 우리 집 사람이지… 얘기도 자주

나누고, 매일 일기처럼 시도 쓰고 그러지… 생각해
보니까, 살아 있을 때 못 나눈 이야기가 너무도 많더
군. 유행가에도 나오는 걸 못했어, 있을 때 잘 해!"

　　이 사람아 뭐가 그리 급해서
　　그리 서둘러 가셨나?
　　먼저 가서 좋은 자리 잡아 놓고 있을 테니
　　천천히 오셔.
　　천천히 오라구? 하긴 난 다리가 부실하니
　　아장아장 천천히 걸을밖에 없지
　　내가 가구 싶다구
　　가지는 게 아닐세, 이 사람아
　　무정한 사람아.

　　x월 xx일, 맑다 흐리다 하다
　　이보시게, 깍두기 담글 때
　　멸치액젓 쓰는 게 좋은가
　　까나리액젓이 맛나나?
　　내가 담그면 왜 깊은 맛이 안 나는 거지?
　　혼자 먹겠다고 이 난리치는
　　내 꼴이 참 우습지?
　　아이구, 눈이 매워 눈물이 나네.

x월 xx일, 바람이 매섭게 불다.

아이들이 이번 생일엔 모이기 어렵다는군. 정신 없이 바쁜 모양이야. 워낙 하는 일이 많으니… 사람 인생에서 과연 뭐가 중한지는 모르겠지만 말이야…

생일 대신 기일에 오겠다는군. 태어난 날보다 떠난 날이 더 소중한 모양인가? 허긴 태어나는 건 못 봤어도 이별의 순간은 생생하게 겪었으니까…

너무 섭섭해 하지 마시게. 나하구 단 둘이서 오붓하게 지내시자구. 어디 훌쩍 다녀올까? 어디 가고 싶으신가? 바다 구경 어때? 말씀만 허시게!

응, 요샌 시도 잘 안 나오네. 그럴듯한 게 나오면 내가 읽어 드리리다.

<6>

"아이구, 선생님! 이렇게 먼저 전화를 주시니 몸 둘 바를 모르겠습니다. 무슨 말씀을 어떻게 드려야 할지 몰라서 감히 전화도 못 드리고 있는 참인데, 이렇게 먼저 전화를 주시니…

선생님, 죽을죄를 지었습니다. 감히 선생님 작품을 심사하고 평하다니 있을 수 없는 일이지요. 하늘 같은 선생님에게 가능성이 보이니 포기하지 말고 정진하라 어쩌라 했으니… 용서를 구할 염치조차 없습니다, 선생님!

이번 일로 저희들 모두 참으로 귀한 것을 깨닫고 배웠습니다. 감사합니다, 정말 감사합니다, 선생님!

댁으로 찾아뵙고 싶은데 형편이 어떠신지요? 편하신 시간을 알려만 주세요, 선생님!"

전화기 너머로 울음을 억누르며 흐느끼는 소리가 들려왔다. 아직도 세상은 살 만한 곳이라는 소리로 들렸다. 원로시인 부운 선생은 흐뭇하여 조용히 웃었다.

나이 많이 자신 나무

나그네에게는 아늑하고 따스한 곳이 필요하지요. 고향 같은 그곳으로 돌아가 쉬고 싶기 때문입니다. 디아스포라라는 것도 따지고 보면 떠나온 곳은 있는데 돌아갈 곳은 애매한 슬픔에 관한 이야기일 터… 결국은 어머니 품에 관한 이야기, 또는 동수(洞守) 나무의 서늘하고 깊은 그늘.

있어도 없는 듯
없지만 있는 듯
그렇게
지금도
여전히
혼자서

늘 지나다니는 길목에 당당하게 서있던 큰 나무가 어느 날 없어져 버렸어요. 얼마간 여행을 다녀온 사이에 자취를 감춘 거예요. 깜짝 놀랐지요.

길목을 지날 때마다 뭔가 허전하고 불안한 느낌이 들어서, 잘 생각해보니 나무가 있던 자리가 덩그러니 비어 있었어요. 나의 동수나무가 사라진 겁니다. 온 몸에 소름이 돋고 섬짓했지요.

어디로 가신 걸까?

잠시 이웃 마을로 마실이라도 가셨나?

나보다 훨씬 나이를 많이 자신 그 나무는 나를 보면 늘 씽긋 웃곤 했어요. 아주 착하디착한 웃음으로 많은 것을 말하곤 합니다.

한 자리에만 계시려니 답답하지 않으세요?

내가 물으면 웃으며 대답하시지요.

뭘 그리 분주하게 옮겨 다니시나? 정신없게… 한 자리에 있어도 볼 건 다 보고, 알 건 다 안다네

정말요?

그럼! 바람이 알려주고, 먼 나라 소식은 철새가 전해주지… 흘러가는 구름이라고 무심하시겠나, 세상 돌아가는 이야기 시시콜콜 말하시지… 우린 모두 친구야

정말 그럴 것 같아요. 모두가 친구라니 얼마나 든 든할까. 어지간히 나이 드신 나무가 허튼 소리를 하실 리 없지, 아무렴.

어디로 가신 걸까? 갑자기 갑갑해지셨나?

이 어른은 도대체 나이를 몇 살이나 자신 걸까?

그루터기에 걸터앉아 나이테를 헤아려보려 했지만, 내 힘으로는 어림도 없는 일이었어요. 촘촘한 나이테 위로 눈물이 떨어졌어요. 그 연륜의 엄숙함이라니, 세월의 두께라니… 도저히 내가 감당할 수 있는 것이 아니었습니다.

따스하고 부드러운 그루터기를 쓰다듬어보면 알수 있지요. 나이를 많이 자신 이 어른은 비루하게 목숨을 구걸하지는 않으셨을 겁니다. 당당하게 웃으며 도끼날이나 톱날을 받으셨겠지. 나의 세상이 이제야 끝났는가, 고마워…

그래요, 이 어른은 자살을 하신 겁니다. 틀림없어요. 큰 나무 아래서는 아무 것도 자랄 수 없다는 말을 듣고 오래 생각하고 또 생각했을 겁니다.

바람이 지나가며 없어지는 것, 사라지는 것, 잊혀지는 것도 그렇게 나쁜 일 만은 아닐세, 너무 섭섭해 마시게나 라고 시무룩하게 일그러진 내게 말하시네요.

버혀진 동수나무는 내 마음 속으로 옮겨오셨을 뿐
있어도 없는 듯

없어도 있는 듯
그렇게
지금도
여전히
혼자서

반갑고 고마운 비가 몇 날인가 계속해서 땅을 깊은 데까지 적셨어요. 그리고 나는 봤지요. 버혀진 동수나무 그루터기에서 부끄러운 듯, 하지만 자신만만하게 솟아오르는 연초록색을…

셋째 마당
그 위에 서셨으니

오늘은 이미 순교자의 시대가 아니다.

다만 패배자가 있을 뿐…

종교는 번창 해도 믿음은 없는…

그 누가 십자가를 지랴.

그의 하루

그의 하루는 무척이나 빡빡하여, 마치 톱니바퀴가 숨차게 엇물려 돌아가는 것 같았다.

배달할렐루야아멘교회의 당회장 사공팔달(司空八達) 목사는 아직도 새카만 새벽에 일어나야만 했다. 어제부터 시작된 <불우이웃을 위한 새벽기도회>에 나가기 위해서 잠이 쏟아지는 두 눈을 부릅떠야만 했다. 새벽기도회에 목사가 참석하지 않을 수는 없는 노릇이었다.

배달할렐루야아멘교회로 말하자면 그렇게 크지는 않지만, 남들이 부러워할 정도로 성장이 빠른 교회였다. 사람들은

"아멘교회의 사공목사는 별 보는 목사야. 아예 잠도 안 자고 일한대. 그 덕에 교회가 미루나무 크듯 쑥쑥 자란대"

라고 칭찬인지 빈정거림인지 모를 소리들을 수근거렸고, 신도들은 그것을 대단한 자랑으로 여기는

터였다.

이런 판에 목사가 조금 졸립다고 해서 새벽기도에 빠질 수는 없는 노릇이 아닌가? 그는 벌떡 일어나서 찢어져라 하품을 하고는 비몽사몽간에 옷을 입었다.

냠냠 맛있게 잠자는 아내를 깨울 수는 없는 노릇이었다. 냉장고에서 차거운 우유를 꺼내 마시고는 교회로 향했다.

차거운 새벽공기를 마시니 조금은 정신이 드는 듯했다. 밤새 추위에 떨던 고물차는 덜덜덜그럭 야단법석을 떨었다.

싸늘한 교회 마룻바닥에 엎드려 몇 명의 신도들과 함께 기도했다.

주여! 불우한 우리의 이웃을 도와주소서! 우리에게 그들을 도울 힘을 주소서, 주여!

그는 잠에서 깨어나기 위해서 일부러 큰 소리로 기도했다. 그 거룩한 목소리에 김할머니가 쿨쩍거리기 시작했다.

오, 주여…

그 이후 사공 목사는 하루가 어떻게 지나갔는지 모를 정도로 빼곡한 시간을 보냈다. 참고삼아 그의 하루를 간단히 적어보면 대충 다음과 같다.

■ 8시 20분

아침을 먹는 둥 마는 둥 하고, 다시 교회로 간 사공 목사는 청년회원들이 크리스마스 대예배 때 공연할 연극준비를 점검했다.

공연이 몇 일 남지 않았는데 준비는 아직 엉망진 창이었다. 요셉역을 맡은 녀석이 갑자기 아파서 난 리라는 이야기였다. 할 수 없이 로마병정을 하던 놈 이 마리아의 남편으로 둔갑했다. 말하자면 굉장한 변신인 셈이었다. 할 수 없는 노릇이지, 어차피 연 극이니까…

사공 목사는 그외에도 이것저것 자질구레한 일들 을 콩 놓아라 팥 놓아라 하며 사공노릇을 해야 했다.

문득 밖을 보니, 처량한 겨울비가 내리고 있었다. 온 누리가 흥건히 젖어 들고 있었다.

청년회원들은 라면으로 아침을 때운다고 난리법 석들이었다. 마리아도 예수도 동방박사들도 게걸스 럽게 라면을 후루룩거리고 있었다. 설마 예수님 시대 에는 라면이 없었겠지…

아무려나, 처음 시도하는 연극이니 남부끄럽지 않 게 끝내야지. 성가 연습은 잘 되고 있는지 원… 아무 래도 집사가 몇 명은 더 있어야겠어….

밖에는 여전히 찬비가 떨어지고 있었다. 빗발이

더욱 굵어지는 듯했다.

■ 9시 5분

중요한 안건이 있다고 미리 연락을 단단히 한 탓인지 거의 모든 제직이 다 모였다.

그러나 사람이 많은 만큼 의견도 저마다 각각 미친 과부 널뛰듯 중구난방으로 오락가락 했다. 허기사 새 교회당을 구입하는 문제가 그렇게 간단한 일은 아니었다.

"이왕 구입하는 김에 넓고 으리으리한 건물을 삽시다. 주차장 문제도 있으니까, 마켓이나 극장을 하던 건물이 어떨까요?"

"아니, 땅을 사서 우리 마음에 맞게 성령이 가득한 건물을 지읍시다. 아주 예술적으로 근사하게…"

"요새는 건축법이 까다로워져서 어렵대요. 무척 까다롭다던데…"

"그래요? 우리 교회 제직 중에도 부동산업자가 있었으면 좋았을걸…"

"시끄러워요. 건물이 무슨 문젭니까! 신앙심이 문제지! 아마 주님께서도 그런 걸 원치 않으실 꺼예요, 그분은 말구유에서 나셨으니까…"

"모르는 소리 마세요! 그건 옛날 고리짝 같은 이

야기예요. 아, 수정교회 안 가보셨어요? 얼마나 은총이 넘쳐요!"

"그럼, 우리 배달할렐루야아멘교회도 유리로 짓자는 말입니까? 목사님, 어떻게 생각하세요?"

"허허, 내 말은 그런 것이 아니라…"

도무지 결론이 나지를 않았다. 설왕설래 갑론을박 엎치락뒤치락 의견이 백출한 끝에, 일단 부동산업자들에게 부탁한 재료들을 다 모아가지고 다시 모이기로 했다. 그리고 "너무 사공이 많으면 배가 산 위로 간다"는 사공 목사의 지적에 따라 <성전건립전권위원회>를 조직하기로 했다.

그리고나서 그들은 기도했다. 머리 숙여 기도했다.

"주여, 저희들에게 알맞은 성전을 허락하여 주시옵소서! 주여!"

이놈의 '알맞은' 또는 '적당한'이라는 말이 항상 말썽이었다.

밖에는 알맞게 비가 내리고 있었다.

■ **10시 30분**

사공 목사는 무지무지하게 서두른 덕분에 겨우 장례식장에 도착할 수 있었다. 빗길이라서 무작정 속도를 낼 수도 없는 통에 얼마나 조마조마 했는지 모른다. 그나마 프리웨이가 붐비지 않아서 겨우 식장에 도착할 수 있었다.

그 친구는 젊은 나이에 암으로 죽었다. 고향 냇가에서 같이 벌거벗고 네 것이 크냐 내 것이 크냐 대보며 헤엄치던 친구였는데, 먼저 훌쩍 가버리다니….

망할 녀석 술깨나 퍼마시더니 기어코…. 핵전쟁에 반대하는 멋진 교향곡을 작곡하겠다고 몇일 밤을 하얗게 새우던 그럴 듯한 놈이었는데…. 우라질 놈, 담배깨나 피워대더니….

흑장미 같은 상복을 입은 미망인이 그를 보더니 갑자기 눈물을 주르르 쏟았다. 이놈아, 어쩌자고 먼저 갔느냐…. 그는 속으로 속으로 설움을 삼켰다.

장례예배는 조촐하지만 엄숙하게 진행되었다.

그러나 사공 목사는 장례기도를 하면서 끝내 오열을 터뜨리고 말았다. 그는 부끄러움도 없이 꺼여꺼여 울었다. 온 식장이 울음바다로 변했다. 내리는 비 때문인지 장송곡이 한층 가슴에 저며왔다.

그는 울면서 기도했다.

"사랑의 주님, 그의 마지막 가는 길을 비로 촉촉히 적셔주소서. 그는 황토길 끈적이는 땅을 맨발로 밟아보기를 그토록 원했나이다, 주여…"

그는 이제 한줌의 재가 되어 젖은 땅위에 뿌려질 것이다. 껄끄러운 미국의 땅위에…

사공 목사는 한없이 슬펐다. 그래서 끄여끄여 목놓아 울었다. 하늘처럼 그렇게 울었다.

정말 비는 알맞게 내리고 있었다. 부슬부슬 하염없이…

■ 12시 13분

신부 화장 때문에 결혼식은 13분이나 늦게 시작되었다.

정말 스케줄도 더럽게 짜인 날이었다. 금방 장례식에 다녀왔는데, 이번에는 결혼식 주례라니… 마치 햄릿의 한 장면 같았다. 젠장, 어차피 인생이란 그런 것일 터인데 뭐…

아무리 금방 장례식에서 오는 길이라고 해서, 결혼식 주례가 슬픈 낯짝을 할 수 없는 노릇이었다. 아, 기쁘다. 이 얼마나 축복스러운일인가, 행복한 젊음이여, 찬란한 한쌍이여…

신부는 비 때문에 애써 한 신부화장이 얼룩졌다고 소리없이 신경질을 부리고 있었다. 그래도 카메라 앞에서는 꽃처럼 웃었다.

사공 목사는 기도했다.

"사랑이 넘치시는 우리 주님, 이 젊은이들을 축복하시기 위해 은혜의 비를 내려주셔서 감사하옵나이다. 이들은 저 빗줄기처럼 영롱하고 싱싱하게 주님의 은총 안에서 보금자리를 꾸밀 것입니다."

밖에는 여전히 알맞게 비가 내리고 있었다. 절대로 처량하거나 구성지지 않게 부슬부슬 소근소근…

식은 정신없이 끝났다.

마치 사진을 찍기 위해 결혼식을 하는 것처럼 무수히 카메라 프래시가 터지고, 피로연도 시끌벅적 끝나고, 신랑신부가 꽃차를 타고 없어지자, 사공 목사는 카멜레온 같은 자신에 대해서 화들짝 놀랐다. 동시에 아침부터 별로 먹은 것이 없다는 생각이 들며, 머리가 지끈거려 왔다.

■ 1시 51분

상당히 오래 걸려서 나온 음식은 솔직히 말해서 맛이 엉망이었다. 그저 배고픈 김에 시장을 반찬으로 겨우 먹어줄 정도였으니, 음식점의 앞날이 은근히 걱정이었다.

김 집사네 부부가 음식점을 개업했다고 한번 꼭 들려 달라고 말한 지가 벌써 오래되었는데 오늘에야 겨우 들렀으니, 음식이 나쁘다고 타박할 처지가 아 니었다.

"목사님, 왜 그만 드세요? 맛이 없으세요? 하하, 이 동네가 멕시칸 동네 아닙니까, 그래서 이렇게 만들어야 잘 팔려요. 아, 그 놈의 멕짱놈들은 입맛도 괴상하다니까요."

김 집사가 머리를 벅벅 긁으며 너스레를 떨었다. 사공 목사는 그들을 위해서 기도했다.

"주여, 이들이 하는 사업이 번창하고 번창하고 번창하도록 도와주시옵소서. 저들의 이웃을 배불리게 하소서."

■ 4시 5분

사공 목사는 바닷가에 서 있었다.

빗방울이 속절없이 바다에 스며들고 있었다. 검푸른 바다. 어디가 물이요 어디가 하늘인지 모르겠다던 음산한 노래가락이 생각났다. 그는 빗방울을 삼키는 바다를 바라보고 있었다. 멍하니 바라보고 있었다. 머리는 여전히 지끈거렸다.

야릇한 점심을 먹고, 새 아이 낳은 집에 가서 축복 기도를 하고 핏덩어리를 어르며 참 귀하게 생겼다고 칭찬을 선사하고는, 갑자기 몸져누운 박 권사네 집에 들려 또다시 간절한 기도를 해주고, 공항에 가는

길에 잠시 머리를 식히기 위해 들른 바다였다.

그러나 아무리 바다를 바라보아도 머리는 맑아지지 않았다.

몇 시간 사이에 죽음과 아픔과 탄생과 만남을 겪었고, 지금은 바다에 파묻히는 빗방울을 바라보고 있지만, 그는 목사이므로 인생무상을 이야기할 수는 없었다.

문득, 지금은 한줌의 재가 되었을 친구의 말이 생각났다.

"내가 살아보니까 말이야, 인생이라는 게 별거 아니더라고, 낄낄낄… 신이 우릴 희롱하는 거 아냐? 젠장 어쩌다가 고향은 떠나가지고…"

"요샌 웬일인지, 월경불순이 심해서 말이야… 이봐, 남자도 월경 한다구. 알아? 남자도 월경을 한다니까! 자넨, 어때? 월경 안 해?…"

비는 하릴없는 앙탈을 부리며 바다를 때리고 있었다.

알맞은 비였다. 아니, 전혀 알맞지 않는 비였다.

갑자기 엄청난 한기가 그를 덮쳤다. 그러나 그는 자기도 모르게 시계를 보며 중얼거려야 했다. 어이쿠, 벌써 시간이 이렇게 되었나? 이거 큰일 났군, 빨리 가야지…

■ 밤 10시 40분

공항에서 2시간 이상이나 기다린 끝에 부흥회강사로 초청한 이 목사님을 만났다. 우리 겨레의 날개는 형편없이 연착했다. 비에 젖어 날개짓이 신통치 못 했던 모양이었다.

아무튼 목사님을 모시고 호텔에 가서 짐 풀고, 아주 늦은 저녁을 먹고, 부흥회 일을 의논하고, 둘이서 번갈아가며 경쟁하듯 기도를 하고나서 완전히 녹초가 되었다.

그런데, 집에 와보니 아내가 기다렸다는 듯이 따발총을 쏘아댔다.

"아니, 전화 한통 없이 여태 어디 계셨어요? 성가대 미스터 강네가 또 난리예요. 전화가 몇 번이나 왔는지 말도 못해요, 빨리 가보세요!"

"왜, 또 싸웠대?"

"아주, 심각한 모양이예요. 아무리 늦어도 좋으니 꼭 들려달래요."

"젊은 부부가 왜 허구헌날 싸우지⋯?"

"낸들 알우. 어서 가보세!"

"전화로 하지, 뭐⋯"

"사태가 보통이 아닌 것 같더라니까요. 목사님만 찾는다구요."

"알았어요⋯"

■ 새벽 2시 28분

미스터 강네 부부전쟁을 가까스로 진정시키고 돌아오니, 아내는 벌써 자고 있었다.

이번 전쟁은 아주 치열하고 미묘한 것이어서 수없는 기도와 수없는 찬송과⋯ 다시 수없는 기도와 쿨적거림과⋯ 또 다시 기나긴 기도 끝에 겨우 일시적으로 진압되었다. 목사 처지에 '예라, 너희들 마음대로 해라!'고 짜증을 부릴 수도 없으니, 고역의 몇 시간이 후딱 지나가고 말았다.

아내는 잠결에 그의 기척을 들었는지 낑 돌아누우며 중얼거렸다.

"여보, 이빨 닦고 주무세요."

그 한마디에 사공 목사는 스르르 무너져버렸다.

"주여, 제가 오늘 하루를 어떻게 보냈나이까?"

그리고 사공 목사는 잠들어, 뱃사공처럼 허우적거리며 중얼거렸다.

"주여, 내가 저들을 위해 기도할 자격이 있나이까, 주여…"

배달할렐루야아멘교회의 사공팔달 목사는 이렇게 하루를 보냈다. 그리고 내일도 그와 비슷하게 보낼 것이다. 그러는 동안에 교회는 미루나무처럼 무럭무럭 커나갈 것이다.

밖에는 여전히 알맞은 비가 내리고 있었다. 아니 그것은 전혀 알맞은 비가 아니었다. 아멘!

그 위에 서셨으니
-자코메티의 조각을 닮은 산문

<1>

그해 가을, 몇 개의 교회에 잇달아 불이 났다. 위용을 자랑하던 교회들이 하루아침에 앙상하고 검은 뼈대로 남아 황량하게 도시 한 구석에서 울고 있었다. 그럭저럭 10개 가까운 교회가 그 꼴을 당했다.

그것은 큰 사건이었다. 적어도 한인 교포사회에서는 그랬다. 신문과 방송들이 날이면 날마다 큰 소리로 떠들어대는 통에 모르는 사람이 없게 되었다. 신문기사만 본다면 금방이라도 말세가 올 것 같은 법석이었다. 말하기 좋아하는 사람들은

"교회가 타는 동안 예수는 뭐하고 있었나?…"

어쩌고 하며 키들키들 비아냥거렸고, 믿는 사람들은 전보다 한층 뜨겁게 기도에 혼을 쏟았다.

그것은 누가 보나 틀림없는 방화(放火)였다. 그도 그럴 것이 불난지 며칠 후면 어김없이 목사집으로

"목사짓 똑바로 하시오!" 라는 편지가 배달되곤

했다. 편지는 탐정소설에 나오듯, 인쇄된 글자들을 오려 붙인 것이었다. 범인 잡기는 오리무중이었다. 그래서 더욱 추리소설 같은 분위기를 유발시키곤 했다.

그해 가을을 수많은 목사들이 전전긍긍하며 보냈다. 로스앤젤레스 바닥의 수백개가 넘는 교회의 목사들이 대부분 그랬다.

<2>

때 아닌 비가 내린 탓인지, 풀들은 무척이나 자라 있었다. 풀은 여간해서 죽는 법이 없었다. 날카로운 칼날로 목을 쳐내도 일주일 후면 또 그만큼 자라 있곤 했다.

풀을 깎던 피세득(皮世得) 씨는 땀을 닦으며 하늘을 올려다본다. 거기 태양에 번득이는 십자가가 하나 있었다. 공들여 만든 번쩍이는 십자가, 가장 잘 보이는 곳에 번듯이… 예수 그 위에 못 박히셨으니…

가드너 피세득 씨가 한국에서는 꽤 유명한 개척 목사였음을 아는 사람은 별로 없다. 그는 전국을 누비고 다니며 교회 없는 곳에 교회를 세워 자리가 잡히면 다른 목사에게 넘겨주며 젊음을 보냈다. 외딴 섬이고 깊은 산골이고를 가리지 않았다. 사실 그는 도시에서는 별로 소용이 없는 사람인지도 몰랐다.

그래서 미국 땅에서 그를 알아보는 사람이 없는 것이 당연했고, 어쩐 일인지 그 자신도 줄곧 교회를 멀리하며 숨어 지냈다. 가끔 투명하게 번득이는 눈매를 제외한다면, 허름한 노동복을 걸치고 풀을 깎는 그를 목사로 보기는 어려운 일이었다.

제일 큰 의문은 그가 무엇 때문에 나이 다 들어 미국에 왔고, 왜 여기에 살고 있는가 라는 점이었다.

아주 가끔, 옛날 같이 교회를 섬기던 장로들이 어떻게 알았는지 불쑥 찾아와서는, 교회를 세우자고 조르라치면, 그는 깊은 산 속 옹달샘처럼 그저 웃기만 했다. 그래도 더 떼를 쓰면,

"교회가 너무 많지 않아요? 너무 많아요…"

라고 어린아이처럼 말하곤 했다. 그리고는 같이 기도하자고 했다.

"하늘에 계신 우리 아버지 이름을 거룩하게 하옵시고 나라에 임하옵시며 뜻이 하늘에서 이루어진 것 같이 땅에서도 이루어지이다…"

<3>

타오르는 황혼녘에 홀로 서면 사람들은 누구나 꿈을 꾸게 마련이다. 예수께서 아픈 깨달음으로 하여

가슴 저미던 것도 바로 낮도 아닌 밤도 아닌 검붉은 노을녘이 아니었을까 라고 피세득 씨는 생각하곤 한다. 노을은 때때로 아벨의 이마를 흘러내리던 바로 그 핏빛이기도 하다.

피세득 씨는 붉은 하늘을 향해 활시위를 당긴다. 팽팽한 긴장이 온 몸 구석 구석을 찌르르 울린다. 놓는다. 나르는 화살. 아, 그 끝에 불꽃이 달렸다면…

문득 한 얼굴이 떠오른다. 망할 자식!

"수많은 교회를 세웠건만, 제 핏줄 하나를 제대로 간수하지 못했으니…"

이제 노을은 남김없이 타오른다.

다시 당긴다. 힘껏 당긴다. 놓는다. 나르는 화살. 아, 그 끝에 불꽃이라도 달렸다면, 훨훨 타오르는…

온 세상이 투명한 그림자로 가득 차고 만다. 저벅 저벅 발자국 소리. 가위 눌린다.

<4>

옛날의 탕아는 돌아오지만, 오늘의 탕아는 끝내 돌아오지 않는다.

피세득 씨 하나밖에 없는 아들은 강도짓을 하다가 붙잡혀서, 제 집 안방처럼 여기던 감옥에서 매 맞아 죽고 말았다. 오늘의 탕아는 영영 돌아오지 않는다.

피세득 씨를 아는 사람이 별로 없듯이, 이 사실을 아는 사람도 거의 없었다.

오늘의 탕아는 날이 밝아도 또 밝아도 영영 돌아오지 않는다.

<5>

한동안 뜸하던 한인교회 연속방화사건이 다시 일어나기 시작했다. 몇 개의 큰 교회가 더 불길에 휩싸였다. 이제는 잇달아 일어나지 않고, 잊을 만하면 불이 나곤 했다.

범인에 대해서 아무런 단서가 없기는 마찬가지였다. 그저 여러 사람이 경찰에 불려다닌다는 소문이었다. 많은 사람들이 이것은 틀림없는 교회 사정을 잘 아는 내부 사람의 소행이라는 데에 입을 모았다. 범인을 보았노라는 사람이 몇 있었지만 모두 호지부지 되고 말았다.

"갑자기 펑 소리가 나더니만, 제단 쪽에서 불길이 치솟기 시작했시오. 기르니까니 그거이 새벽녘이었디요. 네, 막 동이 틀 무렵이었디요. 기름이라도 뿌린 것처럼 걷잡을 새도 없이 탔디요. 내레 덩신이 하나도 없습데다. 거저 하나님 아바디만 찾았디요. 아바디! 밖으로 뛰어나와 봤디만 아무 것도 안 보이두만요. 아, 기래요, 자동차 소리가 들리는 것 같았어요. 하디만 내레 늙어서 뛸 수가 있어야디요. 거저 하나님 아비디만 부를 수밖에…"

교회를 지키던 여집사의 이런 말도 중요한 증언으로 취급되었다. 언제나 그렇듯 소문이 소문을 물고 너울너울 춤출 따름이었다.

교회마다 철야기도회가 열리고, 간절한 찬송가 소리가 울려 퍼지고, 초교파적 비상대책위원회가 구성되고, 범인을 빨리 잡아내라는 탄원서에 수만 교인들이 주의 이름으로 서명했다.

지극히 당연한 일이지만, 이 사건을 본질적인 반성의 계기로 삼는 교회는 거의 없는 듯 했다.

그러나 이 사건으로 인해서 아무런 자극도 없이 그저 당연하게 커가기만 하고, 제 집 갖기를 큰 목표로 세우고, 기도만으로 만사형통을 갈구하던 무사안일의 교회들이 뜨끔해진 것은 물론, 교인들이 전에 없이 단단하게 뭉쳐진 것은 사실이었다. 교인들은 정말 철갑이라도 두른 듯 똘똘 뭉쳐, 일 없이 교회 주변을 서성거리는 사람들을 노려보고, 나오다 말다 하는 교인들을 노골적으로 째려보기 시작했다. 그 무렵 가장 많이 불리운 찬송가는 "십자가 군병들아 다 함께 일어나…"라는 우렁찬 노래였다.

범인은 여전히 오리무중이었다. 목사들로 구성된 진상규명위원회에서조차 의견은 몇 가지로 나뉘고 있었다. 지금까지의 모든 방화는 한 사람의 소행이라는 설, 그 규모로 보아 집단적 소행 특히 동양인과 기독교를 부정하는 극렬분자들의 계획적인 소행이라는 설 등등 각양각색이었다. 해결 방법은 더 구구했다.

앞이 안 보이는 짙은 안개 속에서 사람들은 본능적으로 서로의 손을 잡지만, 그 손들에 주어지는 힘과 축축함은 저마다 다른 법이다.

<6>

그 놈은 이를 악물고 버티었다. 놈은 애비가 헐레벌떡 달려오리라는 것을 잘 알고 있었다. 무서운 일이었다.

연락을 받고 피세득 목사가 병원에 도착하는 데는 그럭저럭 닷새 이상이 걸렸다. 그동안 그 놈은 죽지 않고 기다렸다.

아비의 얼굴을 확인하자 놈은 희미하게 냉소하며, 아비의 기도를 듣지 않으려는 듯, 버티고 버티던 마지막 숨을 후딱 거두어 갔다. 이런 경우는 처음 본다고 의사도 혀를 찼다.

놈은 불꽃을 거쳐 한 줌의 재가 되었다.

오늘의 탕아는 끝끝내 돌아오지 않는다. 거기서 그냥 기다릴 뿐…

"망할 자식, 예수 이름만 나오면 길길이 날뛰더니만, 그여코…"

유품뭉치를 내주는 간수가 긴 하품을 하며 내뱉었다.

아들의 초라한 유품 속에서 피 목사는 한없이 낡아 해진 그림 한 장을 찾아 내고는 문득 노을녘에 홀로 서있는 환상에 빠져 아득해졌다. 그건 예수의 얼굴이었다. 놈이 직접 그린 것이었다. 세상에 나쁜 짓만 골라서 저지르며 살던 놈이 그린 예수님 얼굴은 한없이 평화로웠다. 그림 속의 예수는 잔잔하게 웃고 있었다, 웃는 예수…

그 후, 피세득 목사는 40일간의 단식기도를 마치고 더 깊은 곳, 더 외딴 곳으로 찾아들었다. 그의 발길이 닿는 곳에는 어디에고 교회가 섰다.

그리고는… 문득 소식이 끊기고 말았다. 그가 죽었다는 황량한 소문이 나돌기도 했다. 언제나 소문이란 그럴듯한 법이어서, 어떤 이는 화전마을에 들어갔다가 심메마니들에게 맞아죽었다고 하고, 또 어떤 이는 외딴 섬으로 전도를 가다가 풍랑을 만나 죽었노라고도 했다. 전혀 엉뚱한 것으로는 그가 장의사를 처려 억수로 돈을 벌었다는 소문도 있었다.

<7>

오늘은 이미 순교자의 시대가 아니다. 다만 패배자가 있을 뿐… 종교는 번창해도 믿음은 없는…

그 누가 십자가를 지랴.

<8>

흥분의 상승작용을 막을 수 있는 약이란 그리 흔하지 않다. 더구나 그것이 군중의 흥분일 경우에는…

불길… 타오르는 불길…

신문에는 <한인교회 연쇄방화 범교파 특별비상대책위원회>라는 긴 이름의 단체명으로 이런 광고가 실렸다.

"상금을 드립니다.

할렐루야! 시련 속일수록 더욱 빛을 발하시는 주의 은총이시여!

금번 본 위원회에서는 방자히 계속되는 사건을 더이상 묵과할 수는 없다고 결정하고, 연쇄방화 범인을 체포하는 데에 총력을 기울이기로 엄숙히 의결하였습니다.

우리 주 예수님께서도 채찍을 휘두르신 때가 있었
듯, 우리 모든 성도들은…"

이렇게 계속되는 광고는 범인을 잡거나 결정적인
단서를 제공하는 사람에게는 거액의 상금을 지불하
겠노라는 요지를 강조하고, 할렐루야로 끝을 맺고
있었다.

\<9\>

가드너 피세득 씨는 나무를 짜르는데 온 힘을 쏟
고 있었다. 다른 가드너들과 달리 피세득 씨는 나무
를 두붓모나 공처럼 둥글고 네모지게 반듯반듯하게
자르지 않는다. 나무의 생김새를 보아 그에 가장 알
맞게 잘라간다. 훨씬 시간이 많이 걸려도 그는 그렇
게 한다. 아무리 굵고 무성한 가지라도 필요 없는 것
이면 가차 없이 짤라내는 것이 피세득 씨의 가드너
로서의 직업적 고집이다. 나무들은 그의 뜻을 잘 따
랐다.

굵은 곁가지를 쳐내느라고 피세득 씨는 땀을 뻘
뻘 흘렸다. 어찌된 일인지 그 놈은 본 줄기보다도 더
굵고 무성했다. 그렇지만 어디까지나 곁가지는 곁가
지 였다.

아까운 나무를 마구 짤라버렸다고 주인이 펄펄 뛰

었다. 당장에 그만 두지 못 하겠느냐고 소리소리 질렀다. 그 소리는 찌렁찌렁 울렸다.

<10>

연쇄방화 사건의 범인이 잡혔다는 소식에 온 교회들은 기쁨의 기도로 밤을 새웠고, 찬송으로 온통 떠들썩했다.

잡힌 것은 창백한 청년이었다. 이상한 종교에 미친 청년이라고 했다. 기쁨으로 충만한 교인들은 다시, 엄벌에 처해야 마땅하다는 파와 데려다 회개시키는 것이 주님의 뜻이라는 파로 갈라섰다. 한 쪽은 지옥을 묘사하고, 다른 쪽은 천당을 노래하며 팽팽하게 맞섰다.

그러나, 그 이튿날 밤 또 하나의 교회가 활활 불타오름으로 인해서 그들은 다시 하나로 뭉쳤다.

<11>

피세득 씨가 자수하기 위해 경찰에 출두한 것은 그로부터 이틀 뒤였다. 그는 동굴처럼 퀭한 눈으로 경찰서에 나타났다. 이른 아침이었다.

"활입니다. 멀리서 활로 쏘았습니다. 화살은 솟아오르는 불꽃이지요. 바벨탑의 높이에 비하면 그 따위 쯤이야 아무 기술도 아니지요. 마음만 먹으면 누구나 할 수 있는 일이구 말구요. 인간을 실은 화살은 달까지 날아갔는 걸요.

물론 정확하고 멀리 나르지요. 컴퓨터로 조정하는 리모트 콘트롤이 있으니까요. 마음만 먹으면 쉬운 일입니다…”

방화범 피세득 씨는 모든 것을 숨김없이 상세하게 자백해나갔다. 언제 어떤 위치에서 어떻게 무엇을 겨냥하여 활시위를 당겼는지 무척이나 꼼꼼하게 설명했다. 미국 경찰관들도 혀를 내두를 정도였다고 한다. 또한 일체의 자기변호도 하지 않았다. 마치 남의 일처럼 차겁고 한 치의 틀림도 없이 말했다.

그러나, 정작 중요한 대목에 이르자 그는 일체 입을 꽉 다물어버리고 말았다. 왜 교회에 불을 질렀는가, 왜 자수했는가, 불 지른 교회는 어떻게 선정했는가 라는 문제가 바로 그것이었다. 그의 입은 굳은 돌이었다. 그 무엇으로도 그의 입을 열 수는 없었다.

완강한 묵비권 행사로 인해 사건은 날이 갈수록 신학적, 철학적 안개 속으로 휩싸여들고 있었다.

“교회에 불을 지른 목사!

과연 그는 탕아인가 개척자인가? 교회 속의 지킬 박사와 하이드…”

　신문들은 이런 따위의 제목 아래 제멋대로 흥미 위주의 기사를 마구 긁어댔다.

　이런 여론과는 관계없이 경찰은 또 하나의 문제로 당황하고 있었다. 즉 피세득 씨가 불 지른 교회는 13 개인데, 실제로 불에 탄 교회는 17개였기 때문이다. 자수한 피세득 씨가 숫자를 속인다고 보기는 어려운 노릇이었다. 그렇다면 나머지 네 교회의 화재는 무엇을 뜻하는가? 물론, 아무도 이 네 개의 교회에 신학적 의미를 부여하려 하지는 않았다. 또한 이 네 개의 교회야말로 오늘의 종교적 현실을 상징적으로 드러내는 것이 아닐까 라는 의문을 갖는 사람도 거의 없었다. 어쩌면 다행한 일인지도 몰랐다. 모두들 그렇게 살아가니까…

안개가 짙을수록 사람들은 쓸데없이 더 허우적거리게 마련이다. 과연 피세득 목사는 왜 불을 질렀을까, 불타는 교회를 바라보면서 무엇을 생각했을까, 그때 그는 무슨 옷을 입고 있었을까? "왜?"라는 묘하게 생긴 글자는 무섭게 커지면서 새끼를 치며 정신없이 찌그러지고 뒤틀리고 꼬이고 뒤집히고 쪼개지고 바스러지고 부풀어 터지고… 하면서 변질되어 갔지만, 장본인 피세득 씨는 끝끝내 이에 대해 아무런 말도 한 바 없다고 전한다.

경찰이 압수한 피세득 목사의 신앙노트 중에서 이런 글이 공개된 것이 전부였다. 그 신앙노트는 이 글 이외에는 모두 알아볼 수 없는 암호문자로 적혀 있었고, 그나마 분량도 아주 적은 것이었다고 한다.

바벨탑이 무너진 것은 아마도
노을녘이나 새벽 동틀 무렵이었으리라.
그 위에 우뚝 서신 이 누구시뇨?

오늘의 바벨탑은 너무도 짠짠하여
부수어 허물기
어렵고도 어려울지니…
벌건 노을녘이나 새하얀
새벽녘, 그림자를 보았으니…
썩은 세월 삼키는 이,
장막 거두는 이
아득한 벌판에, 벌판에…
활을 쏘아라.

어둠,
다시 태어남. 어둠,
다시 태어남.

<12>
그 후로 다시는 교회가 불타는 일 없고, 날로 번창
하기만 하였다. 과연 오늘의 바벨탑은…

오늘도 감옥 안의 피세득 목사는 죄수들을 모아놓
고 예배를 드리고 있다는 소식이다. 그가 있는 곳에
는 언제나 교회가 섰다. 그 어느 곳이던…

그러나, 오늘은 순교자의 시대가 아니다.

그 누가 그 무거운 십자가를 지랴…

애수의 어릿광대

어릿광대는 열심히 지나가는 사람들을 웃기고 있었다. 낙엽이 우수수 떨어지는 나무 밑에서도, 앙상하게 헐벗은 나무 아래서도… 아무리 가슴 찢어지게 슬퍼도 광대는 웃는다. 광대는 광대일 수밖에 없으니까, 턱없이 헤프게 웃어야 광대니까, 광대는 언제나 찢어지게 웃는다, 광대는….

어릿광대 장 피엘을 처음 만난 것은 그러니까 3년 전 어느 가을날이었다. 별달리 계절의 변화가 없는 이 동네에도 낙엽이 바람에 흩날리고 있었다.

그 친구는 미술관으로 통하는 공원 한구석에서 열심히 광대짓을 하다가, 문득 쇠피리를 꺼내 구성지게 불고, 또 광대짓을 하고… 그랬다. 사람들이 보든 말든 무지하게 열심이었다. 그 진지함이라니, 웬만한 연극배우는 지레 놀라서 뺑소니 칠 수준이었다.

하긴, 이 친구를 본 것이 처음은 아니었다. 이 공

원에는 이런 종류의 자칭 예술가들이 흔하다. 그래서 그저 그런 친구겠거니 하고 지나치는 것이 보통이다. 기껏해야 25전짜리 동전이나 1달러짜리 종이돈 한 장 던지는 것이 고작이다. 광대가 어디서 온 누구이든, 왜 이 황량한 벌판에서 아까운 천재성을 낭비하든 그런 것은 우리가 알 바 아니다. 알 필요도 없다. 광대는 그냥 광대니까…

그날도 우리의 어릿광대 장 피엘은 그 자리에서 열심히 놀고 있었다. 아무도 봐주는 이 없는데도 그는 어릿광대짓에 깊이 빠져 있었다. 울긋불긋한 피에로 의상이 가을바람에 휘날리고, 짙은 화장 속의 얼굴이 온갖 모습을 지어내고 있었다.

주위를 휘둘러보았지만, 정말 구경꾼은 하나도 없었다. 마른 나뭇잎들만 그를 비웃는 듯 팔랑거릴 뿐이었다.

허허, 이 친구 미친 거 아냐? 구경꾼 없는 광대라니….

그 친구의 광대짓거리는 광대답지 않게 우스꽝스러운 구석이 없었다. 무슨 사랑 이야기를 팬터마임으로 엮어가는 모양인데 슬픔의 그림자가 한껏 드리워 있었다. 슬픔을 이야기하는 광대, 애수의 어릿광대…

문득, 그의 눈물을 보았다. 찢어지게 웃는 분장 속에서 그는 울고 있었다. 언뜻, 그냥 둬서는 안 되겠다는 생각이 들었다.

"어이, 친구. 우리 따끈한 커피나 한잔 합시다"

"고맙소! 하지만, 보시다시피 난 지금 바쁘오. 일하는 중이라서"

"일이라구? 구경꾼도 없는데?"

"구경꾼? 구경꾼 때문에 이 짓을 하는 건 아니라오"

그 친구가 엷게 웃었다. 그 웃음이 피에로 분장과 묘하게 어울렸다.

"이따 오후 늦게 다시 오시겠오? 해질 무렵에 말이요. 그때 한잔 합시다"

"글쎄… 시간이 어떨지"

"그렇다면… 할 수 없지만"

광대는 다시 팬터마임을 시작했다. 여전히 구경꾼은 아무도 없었다. 그래도 광대는 열심이었다. 오, 구경꾼 없는 광대여, 애수의 어릿광대여…

나는 그 자리를 떴다. 나 혼자 외롭게 구경꾼이 되는 것이 부담스럽고 싫었다.

그때 광대는 나의 매몰찬 뒷모습을 향해 쇠피리를 불기 시작했다. 그런데 놀랍게도 귀에 익은 우리의 유행가였다. 이봉조가 지은 "그날 밤 그 자리에 둘이서 만났을 때, 똑같은 그 순간에…어쩌구…" 하는 그 가락이었다. 놀라서 멈출 수밖에 없었다.

광대가 웃으며 말했다.

"이따 봅시다. 기다리겠오"

낙엽만 뒹구는 황량한 공원에 젖은 서양쇠피리 소리가 아스라히 스며들고 있었다. 떠날 때는 말없이 말없이 떠나리다…

"오케이! 이따 봅시다. 기다리쇼"

그렇게 해서 어릿광대 장 피엘과 다시 그날 저녁 술집에 마주 앉았다. 분장을 지운 그 친구는 꽤나 잘생긴 사내였다. 알랭 들롱과 장 폴 벨몽도를 합쳐 놓은 듯한 인상의 프랑스 사내였다.

"난 당신이 뭘 물어보고 싶어 하는지 다 알아요. 어째서 멀쩡한 놈이 구경꾼도 없는데 애수의 어릿광대 노릇을 하느냐? 도대체 무슨 신파조의 사연이냐? 한국노래는 어떻게 아느냐? 뭐 그런 것들이 묻고 싶은 거죠?"

맥주잔을 시원하게 비우더니 놈이 불쑥 말했다.

나쁜 짓 하다 들킨 어린아이 같은 낭패감이 부끄러웠
지만, 아니라고 잡아떼고 싶은 마음도 없었다.

"물어보실 것 없어요. 내가 다 말해 드릴 테니
까… 대신 술이나 넉넉히 사슈, 술이나"

광대는 술을 마시며, 노래하듯 웅얼거리며, 쿨쩍
거리며, 스스로의 슬픔을 털어놓았다.

"벌써… 삼년째요. 주말마다 그 자리에서 어릿광
대 노릇을 했지… 구경꾼이 있든 없든… 구경꾼! 그
런 건 내게 문제가 되지 않아요. 죽은 내 아내에게…
바치는 몸짓이니까… 아내가 내 모습을 보고 즐거워
하니까… 내 귀엔 생생하게 들려요. 아내가 깔깔대
며 손뼉 치는 소리가…

내 아낸 한국여자였어요. 은령이… 실버벨이라는
이름이었지. 은방울 말이에요, 짤랑짤랑 대는 은방
울… 우린 바로 그 자리에서 만났지요. 그리고 곧바
로 친해졌어요. 헤어질 수가 없었어요. 아내가 플루
트를 불면 난 팬터마임을 했지….

겨울바다, 달빛에 부서지는 태평양, 파도와 모랫
벌이 만나는 그곳에서 난 팬터마임을 했어요. 아내
의 피리소리에 맞춰… 길에서도, 아우성치는 갈대밭
에서도, 선인장 숲에서도… 아내와 나는… 아시겠어

요, 아내의 피리소리에 내 몸은 나도 모르게 움직여
요. 매번 새로운 이야기를 꾸며내는 거예요.

우린, 그렇게 꿈처럼 살았어요. 물론 가난했지만,
부러울 게 없이 그림처럼 살았어요. 그런데… 그런
데… 그런데…

어느 날, 아내가 쓰러졌어요. 우리가 만났던 바
로 그 자리에서… 의사 말이 암이랍디다. 백혈병! 젠
장, 더럽게 흔해 빠진 신파지… 하필이면 내 사랑하
는 아내가… 너무 행복하니까 신이 우리를 질투한
거예요…

아내는 끝내 이기지 못했습니다. 죽기 전에 그럽
디다, 우리가 만났던 그 자리에 가보고 싶다고… 그
자리에서 다시 한 번 설레는 마음으로 당신과 만나
고 싶다고….

거기서… 아내는 휠체어에 앉아 마지막으로 피리
를 불었어요. 끊길 듯 끊길 듯… 바람에 나부끼듯…
견딜 수가 없었어요. 견딜 수가… 난 미친듯이 팬터
마임을 했어요. 죽음의 사신을 쫓아내는 팬터마임
을….

그러나 아내는 끝내… 한 마리의 작은 새가 되어
포르르 날아가버리고 말았어요… 한 마리의 하얀 새
가 되어… 아내의 몸뚱이는 공기처럼 가벼웠지요. 은

빛피리보다도 훨씬 가벼웠지요.

그래서… 난 주말마다 거기서 아내를 만납니다, 어릿광대의 모습으로… 하지만, 난 거기서 똑똑히 들어요. 장, 조금만 더 해주세요, 제가 피리 불어 드릴께요. 장, 좋아요, 아 멋있어요! 깔깔대는 웃음소리, 신나는 박수소리… 그리고… 장, 다음 주에도 또 오시는 거죠? 기다릴게요. 왜 그렇게 시간이 더디 가는지 모르겠어요. 그럼, 안녕 나의 사랑하는 장… 난 똑똑히 들어요, 거기서… 우리 만난 그 자리에서…. 어떠세요, 내 신파 같은 이야기가?

벌써 3년이로군요. 참, 한국에는 3년상이라는 게 있다죠…?

젠장, 아직도 이런 인간이 멸종하지 않고 생존해 있다니… 부끄럽고 부끄러워서 눈물이 펑펑 쏟아졌다.

그날 우리는 정말 코가 삐뚤어질 정도로 마셨다. 비틀거리며 골방으로 돌아온 나는 아내에게 전화를 걸었다. 그리고 자신 있는 목소리로 외쳤다.

"여보 우리 다시 시작합시다! 우린 멋지게 다시 시작할 수 있을 거야. 남들은 3년상도 지내는데 말이야!"

"3년상이요? 그건 또 무슨 소리죠? 암튼 알았어
요. 제가 곧 그리로 갈게요"

그리고 나는 죽음보다 깊은 잠에 빠져들었다.

꿈속에서 또 애수의 어릿광대를 만났다.

전상도 사람, 경라도 사람

<1>

엄마, 참 어려워! 곤란해!

어려워? 어렵기는 머가 어렵다카노?

난 대체 어느 편을 응원해야 되는 거지? 엄마 고향은 경상도구 아빠는 전라도 사람이잖아? 참 난처하단 말이야! 차라리 난 구경 안했으면 좋겠어…

고민할 꺼 한 개도 엄따. 니 하고픈 대로 하몬 그만 아이가. 아, 얼라 손바닥 보담도 작은 나라에서 경상도 전라도 따질게 뭐 있노?

아이참, 엄마두! 당장 눈앞에 고민이 있는데, 없다구 그럼 어떻게 해요?

그 뭐꼬, 지방색이니 지역감정이니 뭐니 하는 것들은 말짱 속빈 인간들이 꾸미냉기라. 그라이 우리하고는 아무 상관도 없따 아이가… 그라이 니 마음 내키는 대로 맘껏 응원하면 되는 기라…

딸네미의 고민에 대해서 양 여사는 대수롭지 않게

건성 대답했다. 허기사 정말로 그렇게 생각하고 있으므로 그렇게 대답할 수밖에 없는 노릇이었다.

그러나 수잔의 입장에서는 대단히 심각한 문제인 모양이었다. 잔뜩 찌푸린 딸아이의 옆얼굴을 보는 순간, 아 얘가 벌써 이렇게 컸는가, 좀 더 성실하게 대답할걸 그랬구나… 하는 후회가 스쳐지나갔다.

허지만, 뭘 어떻게 설명한다는 말인가? 설명하려 애쓸수록 실타래 엉키듯 더 꼬여들어갈 텐데… 도대체 뭘 어떻게 설명한다는 말인가? 한심한 놈의 세상!

싸우긴 왜 싸워
재 넘고 물 건너면
바로 이웃사촌인 것을…

\<2\>

에에, 여기는 「남가주지역 영호남 친선축구대회」가 벌어지고 있는 아드모어 공원임다. 무더운 날씨에도 불구하고 수우많은 관중들이 양팀을 응원하고 이씀다.

양팀 선수들 또한 자기 고향의 명예를 걸고 멋찐 경기를 보여주고 이씀다. 열전에 열전을 거듭한 가운데, 이제 시간이 얼마 남지 아났씀다. 현재 스코어는 3대2로 호남팀이 리드하고 이씀다.

아, 영남팀의 마지막 공격임다, 불을 뿜는 맹렬한 공격임다, 시간 얼마 남지 않앗씀다. 아, 말씀디리는 수웅간 영남팀의 주장 맹여란 선수 황소처럼 파고들어가고 이씀⋯ 한 사람 제쳤씀, 두 사람 제쳤씀⋯ 관중들 맹여란 선수를 뜨겁게 응원하고 있씀다. 호남팀 응원단에서도 함성이 터져나오고 있씀다.

아아, 그러나 안타깝게도 호남팀의 문전 밀집방어를 뚫지 못하는 맹여란 선수. 아, 참 아깝습니다. 수비를 끝내 뚫지 못하고 마능군뇨⋯ 자기 편 선수에게 기일게 패쓰해씀.

아, 다시 한 번 시도되는 영남팀의 마지막 공격임다. 한 사람 제치고, 두 사람⋯ 이제 시간이 1분밖에 남지 아나씀. 주심 시계를 보고 이씀. 현재 스코어는 3대 2로 호남팀이 한점 리드하고 이씀⋯

아, 이때 호남팀에서 한 선수 번개처럼 튀어나와 뽈을 빼아사씀! 호남팀의 주장 양철통 선수임. 비호 같은 속도로 뽈을 몰고나옴니, 한 사람 제치고 두 사람⋯⋯아, 시간이 거의 안 나마씀. 주심 휘슬을 입에 무러씀⋯⋯

그 수웅간 양철통 선수 벙개가치 모믈 돌려 슈우우웃~~ 해씀다. 꼬린임다, 꼬오링! 아, 그럼 같이 깨

ㄲ타게 네트를 가르는 꼬링임다 꼬링!

공이 네트에 꼬치는 숭간 주심이 휘슬을 불어 께임이 끈나씀다. 스코어는 3 대3 동쩜으로 끈나씀다.

네에, 참 보기 좋은 경기여씀다. 이렇게 해서 「남가주지역 영호남 친선 축구 경기」는 3대3 동쩌무로 사이조케 끈나씀다.

<3>

아이고, 우리 문디이 참말로 잘 해씸더! 내사마 속이 다 씨언합니더.

아, 내가 워찌 문딩이여? 나야말로 순종 전라도 깡쇠란 말여!

아, 당신이야 전라도 문디이 아잉교! 자, 고기 좀 드시소, 마이 드시소.

그러나 저러나 내가 오늘 친선 한번 잘 했제?

하모, 하모! 자자, 고기 좀 마이 드시라이카이

아, 임자 많이 먹어. 난 술 좀 먹고 천천히 씹을팅게…

에이, 아빤 순 엉터리야. 자기 편 꼴에다 차 넣고 좋아하는 사람이 어디 있어요? 그것도 주장이…

고것은 수잔 니가 잘 모르고 허는 소리다. 하나만 알고 둘은 모르는 소리여. 알굿냐? 그랑게 우리 집안이야말로 민족대화합, 지방색 타파를 행동으로 보여 주는 집안이라 말여. 그 머시냐 지역감정 타파라는 것이 말로만 되는 것이 아녀! 행동으로 실천해야지…

그랗게 좀 뭣헌 소리다만, 거 정치허는 높은 양반덜 모두 집이 가서 발 닦구 애나 보라구 그려!

아이고, 우리 문디이 말또 참 잘 하네…

수잔아, 그래 니는 어느 편 응원했노. 고민이라카더니…?

양쪽 편 다 응원했죠, 뭐. 미국 와서 까지 지역감정 따지는 것도 웃기는 일이구 말에요. 허긴… 뭐 난 어느 지역 출신인지도 애매하지만…

맞다, 맞다. 과연 우리 장한 딸이다

아문! 우리 수잔이야말로 민족화합의 상징이요, 지역감정 타파의 씸볼이다 그 말씀이여 내 말씀이…

너도 쪼개 더 크면 우리 편 꼴에다 뽈 차넣은 내 심정을 이해할 수 있을꺼… 그랗게 누가 널더러 고향이 워디냐고 묻거들랑 전상도라고 대답허란 말여. 아님 경라도라고 허든지… 알긋냐?

전상도? 경라도? 그거 참 재밌네요. 허지만 난 그냥 한국이라고 대답할래요. 내 고향은 한국이예요. 그렇게 대답할래요

아이고, 내 새끼 우짜 이리 장하노! 고기 좀 묵으래이. 말랑말랑 잘 익었다. 음매, 기분 존거! 개천에서 용 났구만, 개천에서 용 났어! 야, 수잔아 말난 김에 니가 대통령 허면 어떻것냐? 내가 적극적으로 밀어줄 팅게.

싫어요. 그런 골치 아픈 거 난 안할래요!

우화화화, 음매 기분 존 거. 이런 존 날 어찌 안 마시겠냐! 임자 술 좀 따르 시게…

고기도 좀 묵어가메 마시소. 속 배리모 우짤라꼬…

먹어야지. 암, 먹어야지. 많이 먹어야지… 음마, 기분 존 거. 우화화하하…

싸우긴 뭘 싸워

고개 넘고 물 건너면

우리 모두 다정한

이웃인 것을, 이웃인 것을…

음력 크리스마스 소동

　드세고녀 먹세고녀
　또 한잔 드세고녀!
　그저 탈이라면 술이 술을 부르는 것이 탈이었다.
하지만 마음 맞는 벗끼리 무리지어 권커니 자커니 술
재미라도 없다면 이 황량한 사막땅의 찬바람을 어찌
이겨내랴 싶었다.
　생각해보니 해가 갈수록 사람과 사람 사이가 서먹
해져 조촐한 술자리마저 눈에 뜨이게 줄어들었다. 사
는 꼴이 턱없이 어려워진 것도 아닌데, 유독 흥겨운
술타령이 줄어드는 것은 필시 여름햇살에 땅 타오른
듯 정이 메말라가는 탓이리라. 사람들 마음의 빈터가
줄어들고 여유가 없어지는 것은 엄연한 사실이었다.
　드세고녀 먹세고녀
　또 한잔 드세고녀!
　초록은 동색이요, 까마귀는 까마귀끼리라고, 그래
도 우리는 줄기차게 모여 마시고 떠들고 뒷간 다녀오

고 또 마시고 노래하고 휘청거리며 헤어지곤 했다. 조그만 껀수라도 있으면 그 놈을 강냉이 튀기듯 엄청나게 부풀려 와글와글 목청을 돋우곤 했다. 이 사막땅의 메마름을 술로나마 축이려는 듯…

우리 풍류 삼총사의 끈질김은 가히 표창감이었다. 개도 안 물어갈 고리타분한 까닭을 끌어대면서 줄기차게 고전적으로 촌스럽게 마셔댔다.

"술은 인류의 적! 마셔 없애자!"

"이 사회여! 우리를 술 마시게 하는 세상이여! 개나발!"

뭐 그런 따위의 구닥다리 신파조 레퍼토리가 고작이었다. 곰팡내 나는 사람들이었다. 하지만 무슨 핑계로든 술을 마신다는 것, 아니 벗들과 마음자락을 마주 댄다는 것은 신명나는 일이었다. 사막땅의 오아시스나 마찬가지였다.

그날 우리는 꽤나 오랜만에 만난 셈이었다. 대통령선거 때는 대추나무에 연줄 걸리듯 마실 껀수도 많았건만, 무슨 놈의 세상이 기름 잘 친 기계 돌아가듯, 모범생의 시험 답안지모냥 또박또박 방정방정 무정하게 흘러가니 자연히 어울릴 일도 줄어들게 마련이었다.

"아이고 참말로 오랜만이어덜, 얼굴 잊어뿔것구먼. 그래 오늘은 또 무슨 껀수들이여, 주말도 아닌디?"

주모가 호들갑을 떠는 것도 무리는 아니었다. 그만큼 오랜만이었다.

"크리스마스 파티 아잉교"

장가놈이 활기차게 대답했다.

"뭐여? 크리스마스? 아니 크리스마스 지낸 지가 벌써 은젠디 크리스마스여, 크리스마스가아?"

"아, 우리레 음력으루 쇠기루 했수다레"

"음매, 겁나라! 허지만 크리스마스를 워치기 음력으로 쇤디여?"

"아, 왜 못 쇠요? 쇠면 쇠는 거지! 예수님도 동양사람이라니까 그런 사정쯤은 훤히 이해하실 꺼예요. 아, 딴 사람들이 모두 양력으로 축하허니 곱빼기 축하 아뉴! 예수께서도 기뻐했으면 했지 마다허진 않으실 거외다."

술은 역시 우리네 보통인생들에게는 구세주였다. 마실수록 아달딸딸한 분위기가 남실남실대는 맛이 일품이었다.

하지만 솔직이 고백하자면, 지극히 부끄러운 고백이지만, 우리네 레파토리는 언제나 판박이로 똑같은

용두사미였다. 언제나 모임의 시작은 거창하게 다른 듯 했지만, 결국 나중에 퐁당 투신자살하는 곳은 언제나 비린내 나는 삼천포였다. 거창하게 표현하자면 그것이 우리네 보통인생의 실존적 한계요, 본질적 비극이었다.

장가놈: 하이고, 우리 아들 무척 컸을끼라. 벌써 다섯살 아이가. 마, 보고 싶어 미치겠능기라. 애비노릇도 몬하고… 국제 전화통에 대고 뽀뽀해봐야 뭐 하겠노, 속만 타지! 아들아, 이 애비는 할 말이 읍때이!

김가놈: 오는 세상 가는 세월이라는데, 젠장, 이제 와서 돌아갈 수도 없고, 눌러 있자니 고달프고… 젠장 무슨 박사학위를 땄나, 재벌이 되었나… 무슨 낯으로 돌아가누? 가자니 체면이요, 있자니 고생이라.

박가놈: 아, 어디 참한 처녀 좀 없나? 죽을 때 죽더라도 장개나 한번 가보고 죽자. 참, 세상 여자들이 온통 눈알이 삐었지. 나 같은 낭군감을 못 알아 모시고!

누님, 누우님 나 장개 보내주
초재혼 불문, 초재혼 부울문
홍도야 우지 마아라 오빠가

아무짝에도 쓸 데 없는 이런 따위 푸념으로 돌고 도는 것이 우리네 한심한 인생이었다.

그날이라고 별 다를 게 없었다. 음력 크리스마스 이야기는 어느새 자취도 없어지고, 자식타령에 귀향타령 장가타령이 만수산 드렁칡처럼 이런들 저런들 뒤엉키며 청승을 떨구는 동안 빈 술병만 착실히 늘어갔지 별 수 없었다.

그렇다고 우리가 이대로 주저앉을 수야 없지! 암, 없구말구!

"어이, 우리 밤바다 구경 가자! 새카만 태평양 바다는 우리를 따뜻하게 반겨줄 거야! 여러분, 어때요?"

김가놈이 느닷없이 악을 빼락 쓰자, 조건반사처럼 "쪼오쓰므니다"라는 합창이 터져나왔다. 명실공히 조건반사였다.

"니 운전 개안캤나? 술 안 취했나? 순경이 짜악 깔리따카든데!"

"걱정일랑 접어두슈, 나으리! 이 비록 똥차이나 김유신의 적토마라. 그저 제가 알아서 척척이외다."

"참말로 개안캤나, 참말로?"

"어따 그 양반 참 걱정도 개팔자로구만. 믿으라! 믿는 자에게 복이 있나니! 나로 말할 것 같으면, 5년간이나 티켓 한장 없는 모범운전사라는 사실을 알아주슈! 어디로 모실깝쇼, 손님?"

밤 프리웨이는 시원하게 잘도 뚫려 있었다. 아, 우리의 앞길도 저렇게 시원히 열려있다면….

차는 거침없이 씽씽 잘도 달렸고, 차안에서는 당연히 들어서 괴롭고 불러서 통쾌한 가요반세기의 막이 올랐다. 세 마리의 귀여운 숫도야지가 동시에 멱을 따며 두만강을 건너고 박달재를 울며 넘고, 그리운 내 님이여, 오동추야를 찾으니 자동차가 다 놀라서 기우뚱거릴 지경이었다.

젠장! 바로 그 무렵이었다. 순경차가 깜빡거리며 따라붙은 것은…. 도야지 멱따는 소리가 영도다리 난간 위를 꺼떡거리며 경상도 사투리의 아가씨를 찾을 바로 그 무렵이었다.

"야아, 속도 낮춰, 속도 낮춰! 드렁큰으로 걸리면 골 때린다. 얼른 낮춰, 얼른!"

"젠장, 재수 옴 붙었군! 어이, 장가야 너 아픈 척해라, 금방 숨넘어가는 척하란 말이야!"

"알그따! 내한테 팍 매끼뿌라"

장가놈은 정말 아파서 금방 죽을 사람처럼 쭉 뻗더니 신음을 잴잴 싸고, 식은땀을 뿌직뿌직 흘려대기 시작했다. 연기 한번 일품이었다. 일류 텔런트가 엎디어 '선생님!' 할 지경이었다.

준비완료.

길 앞쪽으로 얌전히 차를 세웠다. 순경이 잔뜩 경계하며 다가왔다. 환장하게 예쁜 금발의 미녀였다. 젠장, 재수에 옴이 곱배기로 붙었군!

"메리 크리스마스!"

운전하던 박가놈이 쩝싸게 차문을 열고 소리쳤다. 잠시 어리벙벙한 긴장! 방울만한 여순경의 눈이 쌍방울만큼이나 커졌다. 하기사, 미국 순경이 음력 크리 스마스를 알께나 뭐람!

"미안합니다, 순경나으리. 사실은 지금 우리 친구가 지독하게 아파서 병원으로 급히 가는 길입니다. 특별히 한번만 봐주세요. 은혜는 평생 잊지 않겠습니다."

"그래요? 어떻게 아픈데요?"

"맹장마비입니다요. 헤헤, 미안합니다. 맹장마비를 영어로는 뭐라고 하는지 몰라서…"

비교적 영어에 자신이 있는 김가놈이 한국식 본토 발음으로 너스레를 떨었다.

명배우 장가놈은 급살 맞은 놈처럼 게거품까지 꺼내 물고 헬프 미를 연발해댔다.

"아, 그러세요. 그럼 따라오세요, 제가 병원으로

안내해 드리죠."

수상한 듯 몇 번이고 오뚝하고 어여쁜 코를 킁킁거리던 금발 여순경이 상냥하게 말했다.

아뿔사!

이제 와서 후회한들 쏘요옹 없는 일이이지이마안~

순경차를 따라 병원으로 가는 수밖에 다른 도리가 없었다. 누구 약을 올리자는 수작인지 앞서가는 경찰차는 이앵이앵 깜빡깜빡 온갖 요란방정을 다 떨었다.

술들이 깬지는 이미 오래였다.

누군가가 중얼거렸다.

"젠장, 예수 핑계로 술 먹다 천벌을 받은 거 아냐, 이거?"

"하이고, 인자 나는 우야모 존노? 이럴 줄로 알았으모 진작에 마음을 비우는 긴데!"

음력 크리스마스의 둥근달이 밝게 웃고 있었다.

메리 음력 크리스마스!

달려라 하이네

나이 먹은 지금에야 어림도 없는 일이지만, 우리 젊은 시절 짝사랑은 통과의례 같은 것이었다. 전염성이 아주 강한 그 고약한 열병을 앓으며 우리는 무럭무럭 컸다.

자고로 미술대학에는 여학생이 압도적으로 많았다. 남학생이라곤 쌀에 뉘 섞이듯, 밥에 돌 섞이듯 드문드문⋯ 오죽 했으면 남녀를 반반씩 뽑도록 법을 정했을까⋯

그래서 미대를 꽃밭이라고 불렀다. 그것도 막강한 꽃밭. 그래서 그런지 짝사랑도 자연발생적으로 많았던 것 같다. 정말 지독한 열병 같았다.

짝사랑에 있어서는 우리의 친구 '코큰별'이 단연 으뜸이었다. 그 친구 코가 유달리 우뚝 큰 바람에 거비옹(巨鼻翁) 또는 코크니라고 불리기도 했다. 그러다가, 언젠가 별을 만드는 사나이라는 소동을 부린 바 있어서 '코큰별'로 낙착 되었다. 그 친구는 실제로 많은 별을 만들었다, 그것도 아주아주아주 많이… (별 만든 이야기는 나중에 자세히 할 기회가 있을 것이다.)

아무튼 우리 코큰별의 짝사랑에 대한 무서운 집념이나 기발한 행동, 그리고 역사와 전통 등은 단연코 타의 추종을 불허한다. 적어도 우리 근처에서는 홀로 우뚝하다고 자신 있게 말할 수 있다. 혹시라도 <짝사랑당>을 만든다면 발기위원장은 당연히 우리의 코큰별이 맡아서 여러가지 모습으로 발기에 앞장설 것이 분명하다.

우리의 친구 코큰별이 대학에 들어와서 처음으로 빠져든 짝사랑의 상대는 같은 학년 여학생이었다. 물론 그 이전에도 무수히 많은 짝사랑을 했지만, 대학에 들어온 뒤 그렇다는 이야기다.

입학과 거의 동시에 짝사랑을 시작했다고 해도 크게 틀린 말이 아니다. 짝사랑을 하려고 입학했다고 해도 크게 틀린 말은 아닐 터이다. 우리의 코큰별은 그만큼 본능적으로 짝사랑에 끌려 다녔다. 늘 숙명적으로 짝사랑의 늪에 풍덩 빠져들어 속절없이 허우적대곤 했다.

그는 상대를 사과라고 불렀다.

"느닷없이 왜 사과야?"

"응, 볼이 사과처럼 발그레한 게 참 매력적이거든…"

"그럼 추워서 볼이 푸르딩딩해지면 능금이 되는 거냐?"

"푸르딩딩하면 더 매력적이지 않을까? 초현실적이고…"

뭐 그런 식이었다. 아무튼, 철저하고 완벽하게 일방적이지만 여러 모로 지극 정성이었다. 과연 '짝사랑의 대가' 다웠다.

어느 무더운 여름날, 우리의 코큰별은 을지로 입구 근처를 터덜터덜 걷고 있었다. 무슨 일로 벌건 대낮에 비지땀을 흘리며 거기를 어슬렁거리고 있었는지는 모르겠다.

아무튼, 걷다가 문득 전류가 흐르는 듯 이상한 기운을 느껴 쳐다보니, 달리는 버스에 짝사랑하는 사과가 타고 있었다. 사과를 보는 순간 우리의 코큰별은 버스를 따라 정신없이 뛰기 시작했다. 달리고 또 달렸다. 코가 커서 바람의 저항을 더 받는 것 같다는 생각이 얼핏 들었지만, 정말 죽을힘을 다해 달렸다. 땀이 비 오듯 흘렀다. 졸지에 추격자가 된 것이다. 추격자! 아, 무엇을 추격하는가, 우리의 추격자여?

버스는 잡힐듯 잡힐듯 약을 올리며 도망을 치곤 했다. 정류장에 멈춰선 버스를 거의 따라잡을 만큼 달려갈 즈음이면 버스는 뽀로롱 매연을 내뿜으며 매정하게 출발하곤 했다. 그러기를 몇 정거장이나 했는지… 땀이 박연폭포 흘러내리는 물처럼 철철 흘러내렸다. 하지만, 이미 시작한 추격을 멈출 수는 없다. 멈춰서는 안 된다. 멈추면 추격이 아니다! 달려라, 달려!

그렇게 필사적으로 달렸음에도 불구하고 대단히 안타깝게도, 결국은 버스를 놓쳐버리고 말았다. 우리네 현실은 늘 그렇게 안타까웠다. 아마도 신당동 근처였던 것 같다.

우리의 코큰별은 숨이 찰대로 차서 성질 사나운 증기기관차처럼 씨근거리며 공중전화를 찾아, 사과의 집에 전화를 걸었다. 그 당시 집에 전화가 있다는 것은 부자라는 뜻이다. 아예 날 때부터 핸드폰을 들고 태어나는 지금과는 생판 다른 시절이었다.

중년여인이 받았다. 사과의 어머니, 그러니까 '엄마사과'였다. 희망사항 속의 '장모사과'인 셈이다. 사과에게 전화를 했으면 당연히 사과를 해야 마땅할 텐데 우리의 코큰별은 그러지 않았다. 사과할 일이 전혀 없기 때문이었다.

"여보세요. 죄송합니다만, 아무개 있습니까?"

"학교 갔는데… 근데, 누구시죠?"

"하이넵니다, 하인리히 하이네!"

우리의 코큰별은 그렇게 당당하게 대답하고는 찰 카닥 전화를 끊었다.

"아니 이 사람아, 거기서 하이네가 왜 나와?"

"몰라! 나도 모르겠어… 그럴듯하잖아? 하인리 히 하이네…"

그럴듯하기는 젠장! 내 짐작에는 그날 저녁 그 집 에서는 이런 대화가 오갔을 것 같다.

"얘, 너 요새 하인 됐냐?"

"하인? 갑자기 무슨 말이야! 무슨 일 있었어요?"

"낮에 어떤 놈이 전화를 걸어서 널 찾더라. 누구 냐고 물었더니 하인이라던 데… 뭐라더라? 하인이니 까 하인이네 라던가?"

"요새 세상에 하인이 어디 있어, 엄마두 참!"

"분명히 그랬다니까!… 아닌가? 하이에나라고 그런 거 같기두 하구… 아, 맞다! 하여간에 하이에 나!"

"하이에나가 어떻게 전화를 걸어! 그리구 우리 나라엔 하이에나 없다구!"

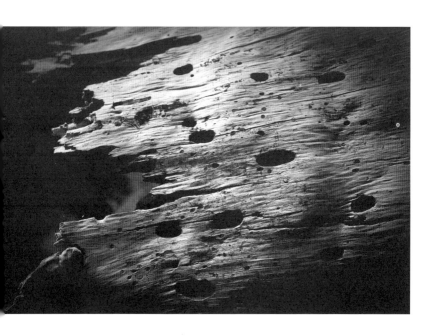

"애가 에미를 무시하네! 분명히 그랬다니까! 하여간에 하이에나, 아니면 하인이니까 하인이네 그랬다니까!"

"엄마 나 배고파, 밥이나 빨리 줘요!"

내 짐작이 틀리기를 바란다. 간절히 바란다. 기도할 용의도 있다.

그러나, 진짜 중요한 것은 목숨을 걸고 달리고 또 달린 티없이 맑고 순수한 정열이다. 그 시절에는 그런 열정이 있었다, 따지지 않는 열정!

"그런데 왜 그렇게 달린 거야? 버스를 잡아서는 뭘 어쩌려구?"

"모르겠어… 정신 차려 보니까 내가 미친듯이 막 뛰고 있더라구!"

그렇다, 예술에 있어서도 때로는 그렇게 미친듯이 빠져드는 열정이 필요하다는 생각이 든다. 왜 달리는지, 버스를 잡아서 어쩌겠다는 건지, 그런 거 따지지 않고 무작정 죽을힘을 다해 달리고 또 달리는… 매우 외람된 비유인지 모르겠지만, 빈센트 반 고흐 같은 화가가 별이 빛나는 밤에 해바라기 밭에서 외치지 않았을까?

"글쎄 나도 모르겠어… 어느 날 보니까 내가 미친듯이 그림을 그리구 있더라구!"

그나저나 지금 버스를 따라 뛰라면 과연 몇 정거장이나 갈 수 있을까? 그것이 알고 싶다.

시험 타령

시험 성적으로 사람을 줄 세우는 비정한 세상이다. 나는 지금까지 몇 번이나 시험을 쳤고, 몇 번이나 낙방했을까?

'시험'이라는 낱말을 들으면 가장 먼저 떠오르는 것이 생 떽쥐페리의 이야기다.

생 떽쥐페리가 19살 때, 해군사관학교에 들어가기로 마음먹고 입학시험을 쳤는데, 시험에 "전쟁터에서 돌아온 병사에 대한 느낌을 서술하라"는 문제가 나왔다. 그런데 문제가 마음에 들지 않은 생 떽쥐페리는 답안지에 이렇게 써서 제출했다.

"나는 전쟁에 나간 일이 없다. 따라서 그런 것에 대해 아는 척하며 쓰고 싶지 않다."

결과는 당연히 낙방! 해군사관학교 입학시험에 낙방한 생 떽쥐페리는 파리 미술학교 건축과에 입학했다.

내가 미술대학에 다닐 당시는 지금과 달리 학점 따기가 할랑했다. 교수들도 그랬고 학생들도 그랬다. 오늘날 같은 비인간적인 경쟁은 없었다. 그저 설렁설렁 공부해도 얼렁뚱땅 학점이 나왔다. 아마도 대학이란 무엇을 가르치는 곳이라기보다 스스로 공부할 수 있는 분위기를 조성해주면 된다는 본질적인 이해와 넓은 아량이 작용했던 모양이다. 생각해보면 낭만의 시대였나? 낭만이란 무엇인가?

아무리 그렇다 해도 시험은 신경 쓰이는 일. 그 귀찮은 시험에 대처하는 자세도 사람마다 달랐다. 꼭 1등을 해야 직성이 풀리는 학생도 있었고, 장학금 때문에 좋은 학점을 따야 하는 친구도 물론 있었다.

그러나 우리는 대체로 공부를 별로 열심히 하지 않았기에, 희비극이 적지 않게 벌어지곤 했다.

내가 다닐 때 서울미대에는 교양과목으로 천문학, 도학, 철학, 심리학 같은 시간이 있었다. 아마도 나랏님과 교수님들의 넓으신 아량과 배려였던 것 같은데, 지금 되돌아보면 열심히 공부하지 않은 것이 매우 후회스럽다. 그때 천문학을 열심히 공부했으면 천문학적으로 돈을 벌었을지 누가 아는가? 도학을 부지런히 배웠으면 길(道)에 대해서 잘 알았을 텐데…

그렇지만 그때는 천문학이니 도학이니 하는 과목

은 따분하고 지루했다. 대부분이 수학에 약한 종족들이라 더욱 그랬다. 당연히 열심히 공부할 턱이 없었다. 외부에서 초빙돼 오신 강사께서도 별로 기대를 걸지 않았음이 분명했다.

그런데 공부는 안 했어도 시험은 쳐야 학점을 받을 수 있고, 학점을 따야만 졸업을 할 수 있다는 것이 교육당국과 나랏님이 정한 엄중한 규칙이었다. 따를 수밖에 없었다.

학기말 천문학 시험의 문제는 "지구의 반경을 계산하라"는 매우 심오하고 철학적인 문제였다. 시험장에는 한 순간 무거운 고요가 내려앉았다. 말하자면 태초의 천문학적 침묵 같은 것이었다.

이윽고 답안지를 메꾸는 소리들이 사각사각 들리기 시작했다. 조심스럽게 사각사각… 내 옆자리에 앉은 코큰별도 잠시 무거운 침묵의 시간을 갖더니, 무언가를 열심히 쓰기 시작했다. 자못 진지한 표정이었다. 아니, 이 친구가 언제 천문학을 이렇게 열심히 공부했지? 그럼 지구의 반경도 안 단 말인가? 아, 천문학적 사기꾼 아닌가!

그러나…

슬그머니 넘겨다보니 그는 답안지에다 시를 쓰고 있었다.

드넓은 우주 그 깊은 공간
티끌만도 못한 하찮은 인간이
지구의 반지름은 계산하여
무엇하리……

뭐 그런 문장으로 시작되는 장편 서사시였다. 실로 천문학적 넓이를 가진 광활한 노래였다. 적어도 달콤한 서정시나 사랑시는 결코 아니었다. 논리적이고 과학적인 천문학 시험에 서정시를 쓸 수야 없는 노릇이지. 그 정도는 기본적 예의 아닌가…

참고로 코큰별의 천문학 학점은 D. 교수께서 그야말로 천문학적 아량을 베푼 결과였으리라. 물론 그는 재시험을 치지 않았다. 티끌만도 못한 하찮은 인간이 재시험은 쳐서 무엇하리…

철학시간도 지루하기는 마찬가지였다. 그 당시 열병처럼 번져흐르던 실존철학이니 존재론이니 뭐니 하는 것에 매일 목욕을 하는 우리에게 철학교수는 그리스 철학을 느릿느릿 중얼중얼 늘어놓고 있었다. "철학적 진리는 시대를 초월하며, 희랍철학은 모든 철학의 시작이요 근본"이라는 것이 교수님의 숭고한 믿음이었다.

그 바람에 우리는 손가락 뎄어, 발가락 다쳤어, 아이들 털났어 어른들도 털났어, 플라스틱 플랭크톤 통통… 하는 소리를 계속 들으며, 너 자신을 알아야 했다. 시쳇말로 코드가 영 맞지 않았다. 자칭타칭 개똥철학의 고단자들에게는 영 시답지 않았다.

그러나 코드와는 상관없이 학년이 다 끝나갈 무렵까지 철학 강의 진도는 희랍을 못 벗어나고 있었다. 아, 철학이란 이토록 느린 것인가?

그리고… 드디어 시험날. 철학시험 문제는 "소크라테스 철학의 핵심을 논하라." 왜 그 당시 시험문제는 모두가 무엇을 "논하라"였는지 모르겠다. 정말 모르겠다. 논이 절대적으로 부족해서 그랬나? 하긴 쌀이 모자란다며 나라에서 분식장려를 하던 시절이었으니…

시험지를 받은 우리의 노도락은 분기탱천했다. 그리고 폭발했다. 일필휘지로 시험지를 메꾸기 시작했다. 무서운 기세였다. 과연 개똥철학의 힘은 무서웠다. 답안지 내용을 간추리면 대충 이러하다.

소크라테스 철학의 핵심은 너 자신을 알라로 요약할 수 있다. 따라서 현 시점에서 학생은 스스로를 알고, 교수 또한 스스로 자신을 돌아봐야 마땅하다고 사료되는 바이다.

이 시험문제는 교수가 자신을 제대로 알지 못한 데서 나온 넌센스라고 판단하지 않을 수 없다. 우주 공간을 오락가락하는 이 시대에 소크라테스를 왈가 왈부하여 무엇하겠다는 것인가? 우주선 이름을 소크라테스호라고 하자는 말인가? 시대착오라고 감히 말하지 아니 할 수 없다. 왜냐하면, 첫째… 둘째… 셋째…

뭐 이런 식으로 시험문제가 시대현실과 모순되는 이유를 조목조목 청산유수로 논했다.

그리고 10년도 넘은 강의노트를 줄기차게 울궈먹는 교수에 대한 준엄하고 통렬한 비판도 많은 지면을 차지했다. 교수가 공부를 하지 않기 때문에 끈질기게 곰팡내 나는 희랍철학에 목을 매고 있는 것이 아니냐는 주장을 펼쳤다. 따지고 보면 실로 무엄한 주장이었다. 버릇없는 놈!

답안지 앞뒤가 모자라 새로 한 장을 더 받아서 가득 메꿨다.

답안지를 채운 글자수, 열정, 논리적 치열함, 조목조목 파고드는 비판의식, 비분강개 등에 비해 결과는 초라했다. C학점.

시험문제의 시대착오적 오류를 지적하지 않고, 이런 훌륭하고 본질적인 문제를 출제해주신 교수님께

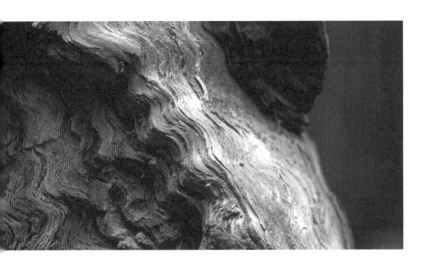

머리 숙여 심심한 경의를 표한다. 또한, 낡은 강의노트를 통해 시대가 흘러도 변하지 않는, 진리에 대한 신념을 굽히지 않는 학자적 양심에 감사를 드린다…
뭐 이런 알랑방귀를 조금이라도 뀌었으면 넉넉히 A학점이었을 텐데… 철학적인 측면에서도 참으로 안타까운 일이었다. 왜냐하면 철학의 핵심은 다양한 생각을 인정하는 자유일 터임으로.

우리의 길길도사는 시험에 대해서도 탁월하게 대처했다.

언젠가 체육시간에 있은 일이다. 시험 대신에 레포트를 써내라는 반가운 소식. 레포트는 시험에 비하면 한결 할랑한 법. 협동작업도 가능하고, 베낄 수도 있고, 대신 써줄 수도 있고… 레포트 제목은 거창하게도 "대학 체육의 필요성을 논하라"는 것이었다.

레포트 제출 마감날, 복도에서 우연히 길길도사와 마주쳤다. 레포트를 제출하러 가는 길이었다. 길길도사의 레포트는 격식을 잘 갖추고 있었다. 표지에 체육 레포트, 대학체육의 필요성을 논하라, 무슨 과, 학번, 아무개… 정갈하게 쓰여 있고, 제본까지 정성스레 돼있었다.

그러나! 알맹이는 대단히 간단명료했다. "장생불사(長生不死)" 딱 네 글자였다.

"이게 대학체육의 필요성이지 뭐! 이거 이상 무슨 말이 더 필요한가? 길길길…"

길길도사의 체육학점은 A였다. 선생 역시 화끈한 양반이었던지, 간단명료한 것을 좋아하는 분이었던 것 같다. 아마 그 이도 기발한 레포트를 받아보고는 한참 낄낄거렸을 것이다.

그 후로 오늘날까지 나는 몇 번이나 시험을 치렀고, 몇 번이나 낙방의 쓴 잔을 마셨던가? 어쩌다 가끔은 실수로 합격하기도 했지만.

유쾌한 길길도사

서울미대 이야기를 하면서, 우리의 전설적인 개구쟁이 길길도사 얘기를 빼놓을 수는 없다.

큰 키에 비쩍 마른 몸매로 흐느적흐느적 낭창낭창 걸어다니는 그는 웃음소리가 길길거린다고 해서 별명이 길길이가 되었다. 별명과는 달리 아무리 화가 나도 길길이 날뛰는 법이 없고, 하는 짓이 애늙은이 같다고 해서 도사라는 꼬리가 더붙어 길길도사(吉吉道士)가 되었다.

그 역시 사무착오로 미대에 들어왔다고 스스로 말하는 사람이었다. 본래는 서울의대 교수인 아버지와 형의 뒤를 이어 의대에 들어갈 생각이었는데, 문득 어릴 적부터 만화를 곧잘 그린 자신을 발견하고 미대에 응시했는데 덜커덕 붙어버렸다는 것이다. 왕진 가방에다 미술 도구를 넣고 와서 시험을 치른 자가 합격을 했으니 사무착오가 아니냐는 것이 그의 강력한 주장이다.

아무튼 길길도사는 늘 무슨 재미있는 장난이 없을까 궁리하는 재미로 미술 대학에 다니는 것 같았다. 그래서 엉뚱한 일을 자주 만들었다.

눈부시게 날씨가 좋은 어느 봄날. 강의실에 들어갔더니, 칠판에 크게 써있었다.

금일, 야유회 관계로 휴강!

우와 이게 웬 떡이냐! 역시 대학은 좋은 곳이로구나! 우리는 모두 환호성을 내질렀다.

대학에 들어온지 얼마 안 되는 우리는 그야말로 순수 그 자체였다. 누가 팥으로 메주를 쑨다고 해도 조금도 의심하지 않고 믿을 시절이었다. 칠판에 크게 금일 휴강이라고 써있는데 안 믿을 자 누구랴!

야유회 장소는 도봉산이란다. 도봉산, 좋지!

우리는 모여서 질서정연하게 도봉산으로 향했다. 인솔자는 길길도사였다. 휴강인 줄을 어떻게 미리 알았는지, 그 자의 복장은 완전무결하게 야유회를 위한, 야유회에 의한, 야유회의 차림이었다. 게다가 한 손에는 닭모가지를 잡고 있고, 허리춤에는 닭 모가지를 내려칠 군용 단도를 꼽고 있었다. 완전무결했다.

그런 길길도사의 뒤를 졸졸 따라가는 한 무리의 신입생들은 그런대로 싱그러웠다. 순수하므로 싱그러웠다. 남녀의 조합도 그런대로 엇비슷하게 맞는 것 같았다.

나중에 보니 누군가가 막걸리통을 지고 뒤따르고 있었다.

아, 역시 대학은 좋은 곳이로구나!

게다가 날씨까지 째지게 화창했다.

아무튼, 우리는 도봉산 입구 어드메쯤, 크고 넓다란 바위가 있고 물이 제법 흐르는 곳에 터를 잡았다. 닭 잡아 막걸리를 마시며 재미있게 놀았다.

길길도사는 뭐가 그리 좋은지 연신 길길거렸다. 죄 없는 닭을 되도록 아프지 않게 정중하게 잡으면서도, 순진무구한 친구들에게 막걸리를 권하면서도 연방 길길길 웃어댔다. 과연 길길도사다웠다.

공기 좋고, 물소리 청아하고, 벌건 대낮부터 마신 막걸리로 알딸딸 기분도 녹작지근 나른하고… 아, 대학은 좋은 곳이로구나, 특별히 미대는 더 좋은 곳이로구나, 잘 들어왔다…

그런데, 그 무렵 학교에서는 생난리가 났다. 나중에야 알았다.

범인은 길길도사였다. 휴강선언은 대한민국 문교부와는 아무런 관계가 없는 길길도사의 일방적, 독자적, 개인적, 계획적, 파격적 선언이었을 뿐. 우리의 잘못은 그런 선언을 순진하게 믿어 의심치 않은 것뿐!

그 시간 담당 교수님께서 너무나 오래 돼서 너덜너덜한 강의노트를 신주단지 모시듯 들고 강의실에 몸소 친히 직접 왕림하셔서 꼼꼼히 둘러보니 학생놈이 한 마리도 없더라는 서글픈 이야기. 칠판을 보니 금일 야유회 관계로 휴강이라는 유언비어가 난무하더라는 비도덕적 비윤리적 이야기. 그래서 혈압이 우주선처럼 올라가셨다는 의학적인 이야기.

그러니 난리가 나는 것은 교육적으로나 헌법정신으로나 지극히 당연한 처사였다. 우리가 신나게 놀고 있는 도봉산 입구까지 학장용 검은 짚차가 털털거리며 들어닥치는 비상사태가 전개되었다. 허지만 어쩌랴, 엎지러진 물은 이미 땅 속으로 스며들어 지하수가 된지 오래인 것을…

잠시 소란스러운 듯 하더니 그 엄청난 사건은 슬그머니 지하수처럼 어디론가 스며들고 말았고, 길길도사는 변함없이 길길거렸다. 그 때는 그런 시절이었다.

그 때 모두들 땡땡이를 치고, 도봉산으로 갔다고 학교에 알린 사람이 누구인지는 아직도 모르는 불가사의로 남아있다.

아마도 2학년 겨울방학 때였을 것이다. 우리 동기생들은 집으로 배달된 엽서를 한 장씩 받았다. 전화가 있는 학생은 전화를 받았다. 특히 여학생들에게는 빠짐없이 연락이 갔다. 발신자는 길길도사였다.

내용은 이러했다. 참으로 슬픈 소식을 전한다. 우리의 친구 아무아무개가 나라의 부름을 받아 군대에 가게 되었다. 섭섭한 마음을 달래기 위해 모월모일 모시 모처에서 송별연을 개최할 예정이니 빠짐없이 참석하기 바란다. 회비는 얼마인데, 많이 낼수록 좋다.

송별회 날, 정말 많은 학생들이 모였다. 특히 여학생들은 거의 다 집합하여, 군에 입대할 우리의 친구 아무아무개의 인기를 실감케 했다. 하긴 뭐, 방학이라 별 할 일 없이 빈둥거리기도 지겹던 판에 신나는 모임이 있다니 안 나올 이유가 없었겠지만…

모임은 재미있고 서글프게 왁자지껄 감동적으로

연출되었다. 여학생들은 우리의 친구 아무아무개의 입대를 진심으로 아쉬워했다. 무슨 사형수 형장에 보내는 것처럼 엄숙한 표정을 지으며 눈물을 글썽이는 순정파도 있었다. 아무튼 볼만 했다.

송별회가 끝난 뒤 원하는 사람은 서울역까지 와서 배웅을 해주면 더욱 고맙겠다는 안내가 있었다.

우와, 과연 아무아무개의 인기는 대단했다. 거의 모든 여학생들이 서울역까지 와서 포옹하고 악수하고 손을 흔들고… 떠들썩했다.

길길도사는 논산까지 데려다주고 오겠다며 같이 열차에 올랐다. 기차가 서서히 출발하고, 남은 자들은 손을 흔들고… 영화에서 흔히 보던 익숙한 장면이 연출되었다.

그러나… 얼마 후… 두 사람은 다음 정거장인 용산역에서 길길거리며 내려서, 길길거리며 술집으로 들어갔다.

그 후로 한 동안 우리의 친구 아무아무개는 바깥나들이를 지극히 조심해야 했다. 군인과 민간인은 엄연히 다르고, 훈련소가 논산에 있다는 것쯤은 여학생들도 다 아는 일이기 때문에… 송별회의 기획자인 길길도사는 완전범죄를 위해 군사우편이라는 붉은 도장이 찍힌 엽서를 여학생들에게 보내느라고 길길거리며 고생을 했다는 후일담. 덕분에 잘 입대하여, 나라를 위해 열심히 훈련 받고 있다, 어쩌구 저쩌구…

길길도사의 짓궂은 장난은 이 밖에도 무척 많지만, 정신건강상 이쯤에서 줄인다.

엉뚱하기로는 길길도사의 어머니도 만만치 않았다. 길길도사는 졸업 후 얼마 안 있어 브라질로 이민을 떠났는데, 그 때 그의 말은 다이아몬드 캐러 간다는 것이었다. 그런데 어머니 말씀은 그보다 몇 수 위였다.

"애야, 거기 가거든 악어 조심해라!"

그 어머니에 그 아들, 모전자전임이 분명했다. 유전자는 절대 속일 수 없다는 진리는 그때 이미 정립돼 있었던 모양이다.

미대 가요합창반

혹시 아시는지 모르겠지만 서울미대에 <가요합창반>이라는 것이 있었다. 그러나 안타깝게도 성공하지 못했다. 관계자들의 간헐적인 노력에도 불구하고, 오래 버티지도 못했다.

잘 아는 대로 서울미대에서는 김민기 같은 걸출한 작곡가 겸 가수가 나왔고, 김민기와 김영세가 조직한 <도비두(도깨비 두 마리)>를 비롯해 <현경과 영애> 같은 가수도 배출한 '음악의 명문'이다. 기타의 명인 이정선도 서울미대 출신이다.

그럼에도 불구하고 <가요합창단>은 제대로 맥도 못 쓰고 스러져버리고 말았다. 안타깝기 그지없다.

서울미대 <가요합창단>의 가장 굵은 원칙은 그 당시 절대적인 세력을 자랑하던 서양 노래는 절대적으로 안 부른다는 것, 그리고 무릇 노래는 가슴으로 불러야 한다는 것이었다.

그러니까 다른 말로 하자면, 가요합창반의 기본정

신은 기존의 합창문화가 갖는 권위주의 및 서양 숭배에 맞서, 시대 정서와 함께 호흡하는 유행가를 자유롭게 부른다는 것이었다. 노래를 통해 진정으로 자유롭게 소통하자는 것… 특히 '자유롭게'에 방점이 찍혔다.

간단히 요약하자면 오늘날 유행하는 노래방 문화의 선구자인 셈이다. 시대를 한참 앞서 간 것이다.

그러나 안타깝게도 성공하지 못했다. 왜냐하면 여학생들의 반응이 차거웠기 때문이었다. 그 당시 서울미대에서 여학생을 빼놓고는 되는 일이 아무 것도 없었다.

그 결과, 목소리 자유분방한 남학생 몇 명이 교정 벤치에 쭈그리고 앉아서 그 당시 유행하던 <뜨거운 안녕> <허무한 마음> <안개> <가슴 아프게> 같은 노래를 무반주로 고래고래 불러대는 것이 고작이었다. 철저하게 지켜지는 것은 '자유'뿐이었다. 음정, 박자, 가락… 모든 면에서 절대자유가 완벽하게 보장되었다.

그래서 우리의 무허가 야외노래방은 어지간히 소란스러웠다. 안개도 없는 교정에서 느닷없이 "바람이여 안개를, 우화아아 우와와아아~~" 소리가 밀려오면 교실에서 작업에 열중하던 여학생들이 깜틀깜

틀 놀래곤 했다. 어둑어둑 분위기가 스물스물 움추려들 무렵에 우화아아 우와와아하아~~ 소리가 들려오면 어지간히 괴로웠다. 잠시 조용하다 싶으면 벼락처럼 그 사람은 어디에에 가았으을까아아아 라는 절규가 가슴을 후빈다. 아, 그 사람이 어디에 갔던지 도대체 무슨 상관이란 말인가?

어디 그뿐인가. 소낙비 퍼붓듯 "찬 서리 기러기 울며 가는데에~~" 소리를 끼륵끼륵 대고, 당신과 나 사이에 어째서 저 바다가 있느냐고 터무니없는 시비를 걸고… 아무튼 그런 요란법석이 없었다.

아마도 그런 절대자유가 묵인된 것은 미대였기 때문일 것이다. 다른 곳 같았으면 합창반이고 개뿔이고 뼈도 못 추렸을 것이 분명하다.

참고로 서울미대 가요합창반의 주축은 전설적 민중판화가 고(故) 오윤과 우리의 코큰별 등이었다.

그들이 발표회 한번 못 열고 합창반을 그만 둔 것은 순전히 목이 아팠기 때문이었다. 안개가 너무 자주 우화아아 우와와아아~ 밀려들었고, 찬 서리 기러기가 너무 자주 울며 나르며 끼륵거리는 바람에 목이 나간 것이다. 외압은 전혀 없었다.

오래 전 일본에서는 여자 가수를 중심으로 <아무개와 그의 친구들>이라는 식의 노래 팀이 유행했었

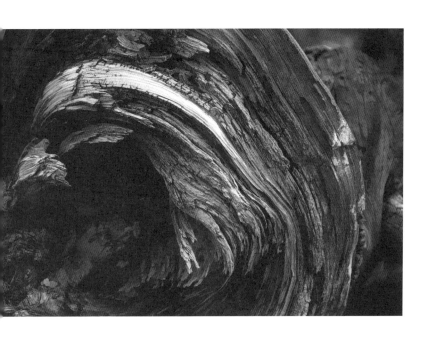

　는데, 그 꼴이 참 가관이었다. 잘 차려입은 여자가수 뒤로 대여섯명의 남자들이 까마귀처럼 검은 양복을 입고 장막을 치듯 둘러선다. 남자들이 하는 일이란 여자가수 노래 사이사이에 밤바밤바 밤바밤바아 우와아~~ 하는 식의 화음을 넣는 것이 전부다. 그걸 보는 느낌은 참 남자 망신 여러 가지로 시키네 하는 것.

　서울미대 <가요합창반>은 마지막 방편으로 그런 여자가수를 백방으로 물색했으나 끝내 찾지 못했다. 누군가 관심을 갖는 듯 하다가 금방 뒤엎곤 했다. 곧

돌아오겠다고 하고는 영영 돌아오지 않았다. 돌아온 단 그 사람은 소식 없어 허무한 마음~~

그래서 해산하는 도리밖에 없었다. 그 당시 목 놓아 부르던 노래 중에 이런 가사가 있었다. "돌이킬 수 없는 죄 저질러놓고 흐느끼면서 울어도 때는 늦으리~~" 글쎄 돌이킬 수 없는 죄까지는 아니었지만, 때가 늦은 것은 확실했다. 돌이킬 수 없었다, 문을 닫는 수밖에… 그렇게 그들은 장렬하게 전사했다.

그들이 노래방 문화의 선구적 존재로 전 학생의 가수화, 전 캠퍼스의 노래방화를 시도했지만, 끝내 뜻을 이루지 못한 것은 시대를 너무 앞서 갔기 때문이다. 시대를 앞서가는 사람은 늘 슬프고 외로운 법.

넷째 마당
삶은 죽음의 친구

솔직히 말하자면,
나도 내가 왜 죽었는지 모르겠다.
그리고, 내가 원하는 방식으로
'자주적'으로 죽지 못한 것이
못내 억울하기는 하다.

미리 부조

건강하게 잘 지내실 줄로 믿습니다.

이렇게 불쑥 얄궂은 글월을 올리려니 송구스럽기 짝이 없습니다. 그렇지 않아도 뒤숭숭 아슬아슬한 세상에 번거로움을 더하는 것 같아 마음이 무겁습니다만, 평소에 늘 제게 해주셨던 것처럼 너그럽게 받아주시기 바랍니다.

사실 이 글을 보내기까지 오래 망설이고 또 망설였습니다.

그러다가, 영화음악으로 유명한 작곡가 엔리오 모리꼬네 선생의 사망 소식을 읽고 용기를 냈습니다. 자신의 죽음을 알고 병상에서 가까운 이들에게 미리 부고를 보냈다는 기사 말입니다. 사람들을 번거롭게 하고 싶지 않았고, 장례식을 가족장으로 치르기로 했기 때문에 부고를 자신이 직접 작성했다지요.

"나, 엔니오 모리꼬네는 세상을 떠났다.

언제나 가까웠던 친구들과 오랫동안 보지 못했던

모든 분들께 제 사망 소식을 전합니다. 모든 분들의 이름을 거론할 수는 없지만 커다란 사랑을 담아서 작별 인사를 보냅니다."

각설하고, 바로 용건을 말씀드리겠습니다. 머뭇거리다 보면 또 용기가 사라져버릴 것 같아서요.

미리 부조를 부탁드립니다.

제가 죽으면 어차피 부조를 해주실 텐데 그걸 좀 당겨서 미리 해주셨으면 하는 부탁인 겁니다. 아, 그렇다고 제가 지금 당장 죽는다는 말씀은 아닙니다. 저는 아주 건강하고, 언제 죽을지도 알 수 없습니다.

그런데도 무례하게 미리 부조를 부탁드리는 까닭은 돈이 필요하기 때문입니다. 돈이 필요합니다. 제 필생의 작품을 만들 계획을 세우고 일을 시작했는데, 제작비가 만만치 않네요. 당장 가진 돈은 없고, 빌릴 데도 없고… 돈이 예술작품의 질을 결정한다는 사실을 인정하기 싫지만, 현실은 현실이네요.

그러니까, 미리 부조를 부탁드리는 것은 제 딴에는 목숨을 걸고 작품은 만들어보겠다는 결심의 표명인 셈입니다. 지나친 호들갑으로 들리시나요? 아닙니다, 저는 매우 심각합니다.

돌이켜보니, 평생을 예술 합네 하고 매달려 왔지

만, 그저 잔재주나 부리면서 하잘 것 없는 이름 남기려 발버둥친 것밖에 없다는 걸 알았습니다. 단 한 번도 작품에 목숨을, 그러니까 제 모든 것을 걸어본 일이 없습니다. 단 한 번도!

그저, 예술이 삶보다 무거운 가치를 가질 수는 없다는 식의 그럴듯한 핑계를 중얼거리면서 눈치 보며 살았습니다. 비겁했던 거죠. 알량한 소시민적 행복의 단맛을 포기할 용기가 없었던 겁니다. 그러면서 세상이 나의 고매한 예술세계를 알아주지 않는다고 주먹질하며 투덜거리기만 했죠. 생각할수록 한심합니다. 그러다가, 솔거 선생님에 대해 공부하다가 깨달았습니다. 예술이 그런 게 아니라는 걸, 그래서는 안 된다는 걸 이제사 겨우 깨우친 겁니다. 말이나 머리로가 아니라 가슴으로 알게 된 거죠. 알고 나니까, 견딜 수가 없네요.

솔거 선생님께서 황룡사 벽에 나이 많이 자신 소나무(老松)를 그릴 때 목숨을 걸었고, 그래서 그 소나무에 새들이 날아와 앉으려고 한 겁니다. 정신이 버쩍 드는 일이죠.

사실 알고 보면 작품에 목숨을 건 예술가가 어디 한두 분이겠습니까. 우리가 몰라서 그렇지요. 목숨을 걸었다고 모두가 뜻을 이루는 것도 아니고…

　그래서 저도 변명만 하지 말고, 작품에 목숨을 걸고 끝까지 밀고가 보자 그렇게 마음을 다져먹은 겁니다. 그래야 죽을 때도 편안하게 눈 감을 것 같아요. 진심입니다. 그래서 돈이 필요합니다.

　변명의 여지를 남기고 싶지 않네요. 자기 부조돈을 미리 받아서 작품을 만들면서 사기를 치거나 얼렁뚱땅 할 수는 없겠지요. 혹시 그렇게 목숨을 걸고 만든 작품이 변변치 않다면, 살 가치가 없는 거 아닙니까…

제가 무슨 작품을 만들려고 하는지는 미리 말씀 드리지 않겠습니다. (솔직히 고백하면 저도 아직 잘 모르겠습니다.) 단지, 제 모든 것을 걸겠다는 것만은 엄숙하게 약속할 수 있습니다.

혹시, 마음이 내키시면 미리 부조를 보내주시면 감사하겠습니다.

혹여라도 이 편지가 불쾌하셨다면 엎드려 사죄드 립니다. 바로 꾸겨서 휴지통으로 던져주세요.

터무니없는 궁상을 떨어 정말 죄송하고 면목이 없 습니다. 하지만 이 땅의 모든 예술가들이 저처럼 궁 상스러운 것은 절대 아닙니다. 이 점만은 꼭 말씀드 리고 싶습니다.

반갑고 눈물겨운 소식 기다리며,

늘 건강하고 행복하시기를 두 손 모아 빕니다.

쓸쓸히 잠들지라도

그 친구의 쓸쓸한 죽음은 우리를 한없이 슬프게
했다. 모두들 많이 울었다. 하지만 세상은 한 예술가
의 외로운 마지막 길에 대해 아무런 관심도 보이지
않았다. 세상은 당연한 듯 늘 그랬다.

그 친구의 잘못이라곤 끝끝내 연극을 고집한 것밖
에 없었다. 텔레비전이나 영화에 얼굴 내밀어 유명
해질 궁리는 전혀 하지 않고, 무대에서 죽고 싶다고
초지일관한 죄밖에 없다. 착하고 순수한, 그래서 아
름다운 고집이 죽을죄가 되는 세상…

한 때는 제법 굵직한 역을 맡아 이름도 날렸지만,
나이 들면서 애매해지고, 불러주는 데가 점점 없어
지고, 그 사이 후배들이 무섭게 치고 올라오고… 그
틈바구니에서 가까스로 생존과 연명의 시간을 이어
가다가… 아주 가고 말았다. 오랜만에 참으로 오랜
만에 좋은 배역을 얻어 신바람이 났었는데, 느닷없
이 전염병이 창궐하면서 모든 극장이 문을 닫고, 공

연은 기약 없이 연기되고, 무대의 불은 꺼져 캄캄하고… 그는 쓸쓸히 잠들었다.

그는 전염병 때문에 죽었다. 이 땅의 많은 예술가들이 병에는 전혀 걸리지 않고도 전염병으로 죽었다.

그의 죽음은 열흘이나 뒤에 알려졌다. 이른바 고독사는 그렇게 뒤늦게야 알려지고, 후다닥 뒤처리를 마치고… 금방 잊혀지곤 했다. 경찰의 말로는 지병이 있는데다가 영양실조로 면역력이 약해져서… 라고 한다.

그의 죽음 옆에 덩그라니 놓여 있는 종이 한 장이 우리를 또 울렸다.

그 종이에는 <꼭 하고 싶은 꿈 몇 가지. 나는 할 수 있다.>라고 적혀 있었다. 영어로 말하면 버켓 리스트라는 것인데… 나는 할 수 있다! 라는 구절이 유난히 가슴 시렸다.

1) 미국 요세미티 해프돔 위에서 내가 쓴 모노드라마 공연하기 (페루 마추픽추에서 공연하면 더 좋겠음)

2) 단군 역을 맡아서 원 없이 연기하기 (연기하다가 죽어도 좋음)

3) 공연이 끝나고 가슴 울렁거려 오랫동안 혼자서 흐느껴 울기

4) 세계 최고의 극장에서 메피스토펠레스 연기하기 (관객들의 기립박수)

5) 북한 전 지역 순회공연 (특히 시골 마을 공연)

6) 죽는 날까지 매일 연습할 수 있는 건강 (비록 공연은 없을지라도, 연습을 쉴 수는 없지)

7) 조금 거창한 연극 쓰고 연출하고 연기하기. 주요 등장인물은 솔거, 베토벤, 괴테, 소크라테스, 미켈란젤로, 아인슈타인, 피카소, 히틀러 등등

8) 징징거리지 말고 참기. 가진 것 없어도 비굴하지 않은 예술가로 살기.

9) 내 공연에 부모님 당당하게 초대하기.

9) 좀 부끄러운 꿈이지만, 친구들 만날 때 돈 걱정 안하고, 고기 배터지게 먹어보기.

친구는 삶은 비록 궁핍해도 꿈만은 한없이 큰 꿈꾸러기였다.

편히 잠드시게. 자네가 꿈꾸는 세상 만들도록 우리가 지랄발광을 해볼 테니, 안심하고 잠드시게. 저세상에서 고기 배터지게 드시고… 안녕, 안녕!

나는 결국 죽었다

결국 그 날 밤 나는 죽었다. 이렇게 죽고 싶진 않다는 생각 간절했지만 별 수 없이 죽었다.

카프카 소설의 주인공은 "어느 날 아침 불안한 꿈에서 깨어났을 때, 자신이 잠자리 속에서 한 마리 흉측한 벌레로 변해있음을 발견했다"고 했는데, 나는 깨어나 보니 죽어 있었다.

누추한 시체가 되어, 요란스러운 경적을 울리며 호들갑스럽게 병원으로 실려가 이런 저런 검사를 받았지만 왜 죽었는지 뚜렷하게 밝혀지지 않았다. 첨단 의학으로 중무장한 의료진의 대답은 지극히 짧고 사무적이고 시큰둥했다.

이 풍진 세상에 잠자다가 심장 멎고, 숨 끊어지는 사람이 어디 한 둘이냐… 맞는 말씀이다. 내 주위에도 자다가 죽은 사람, 아침에 깨어 정신 차려보니 죽어 있었던 사람이 여럿 있었다.

어찌 보면, 삶과 죽음의 차이는 잠깐씩 정기적으

로 자느냐, 계속 길게 자느냐의 차이일지도 모른다.

뜻밖에 평범하지 않게 죽는 바람에 나는 유언을 남기지도 못했다. "인간이 죽기 직전에 유일하게 할 수 있는 일이 유언이다"라는 그럴듯한 말이 있는데, 자다가 죽는 바람에 그것마저 하지 못했다. 잠꼬대라도 한 마디 했어야 했는데, 못하고 말았다. 그건 좀 안타깝다. 죽는 순간에 장엄하게 말하리라고 평소에 준비했던 멋진 문장이 있었다. 내가 준비했던 멋들어진 유언은 "내 죽음을 알리지 말라"는 것이었다. 이순신 장군의 말씀을 표절한 것이다. 저작권료를 내라면 낼 용의도 있다.

미처 유언을 전하지 못했는데도 내 가족들은 나의 죽음을 알리지 않았다. 전혀 알리려 하지 않았다. 참으로 신비롭고 놀라운 이심전심이었다.

어쩌면, 아침에 깨어보니 죽어 있더라, 계속 자더라고 말하기가 쪽 팔리기 때문에 아무 말도 안 하기로 했는지도 모르지. 보통 사람은 그렇게 철학적(?)으로 죽지 않으니까.

우리 집 여두목은 나의 죽음을 보고 울지도 않았다. 눈물 한 방울 흘리지 않았다. 물론 나도 여두목이 울리라고는 전혀 기대를 하지 않았지만, 그래도 아주 조금은 섭섭했다. 물론 그것은 '사랑'과는 그다지 관계가 없는 일이다. 눈물이 곧 사랑인 것은 아니라는 진리쯤은 나도 안다. 그나마 딸아이들이 크게 슬퍼하는 것을 보고 위로를 받았다. 그렇다, 슬픔은 위로다.

알리지 않았음에도 내 죽음 앞에 사람들이 더러 왔다. 어떤 이는 꽤나 슬픈 표정을 지으며 '아까운 사람이 안타깝게 갔다'며 의미심장한 눈물을 흘렸고, 어떤 사람은 '갔군!' 하고 그저 예의상 슬픈 표정을 잠시 지었고, 나머지 몇 명은 왔는지 갔는지에 별 관심이 없었다. 말하자면, 그 분들은 나를 위해서 온 것이 아니라 자신의 체면을 지키기 위해서 온 것이었다.

솔직히 말하자면, 나도 내가 왜 죽었는지 모르겠다. 그리고, 내가 원하는 방식으로 '자주적'으로 죽지 못한 것이 못내 억울하기는 하다.

평소 혈압이 조금 높은 편이기는 했지만, 그다지 심각한 정도는 아니었는데, 자다가 죽다니… 염통이 지쳐서 멎은 것은 아닌 것 같고… 숨이 막혀 죽을 까닭도 찾을 수 없다. 스트레스 때문에 자다가 죽는 경우가 많다고 하는데, 별로 그런 것 같지도 않다.

하긴, 그날 오후 옆집 뚱보아저씨와 가볍게 다투

기는 했다. 우리 집 진돗개와 옆집 고양이 다툼이 주인들의 국제적 싸움으로 변한 건데, 옆집 뚱보아저씨 는 독일식 억센 액센트의 영어로 난리법석을 떨어댔다. 태산 같은 덩치로 삿대질을 해대며 고함을 치는 데는 당할 재간이 없었다. 지극히 비인도적이고 무자비한 공세였다. 게다가 영어도 도무지 알아들을 수 없었다. 그에 비해서 철저한 평화주의자인 나는 싸움에는 철저하게 소질이 없었다. 지는 것이 이기는 것이라는 것이 나의 철학이었다. 그것도 영어로 싸운다는 것은…

분쟁의 빌미가 된 문제의 본질인 진돗개와 고양이는 다정하게 앉아서 아주 재미있다는 듯 싸움구경을 즐기고 있었다. 우리 집 진돗개가 가끔 나를 응원하는 듯 짖었지만, 놈들은 대체로 심판관이거나 구경꾼의 자세를 지켰다.

그 바람에 혈압이 조금 오르기는 했다. 하지만, 맹세코 심각한 정도는 아니었다. 이 풍진 세상 살아가자면 그 정도야 흔히 있는 일이니까…

씩씩거리며 집으로 들어오니, 이번에는 여두목의 잔소리가 허리케인처럼 몰아쳤다. 그렇게 영어 공부 좀 하라는데 들은 척도 않더니 꼴 좋다, 운동 좀 하라는데 꼼짝 않고 앉아서만 뭉개니 배는 남산만 해가지

고, 이 험한 세상 살아 가자면 전투력을 길러야 한다
고 그렇게 일렀건만… 그러니까 통일이 안 되지! 라
는 장엄한 결론으로 잔소리는 막을 내렸다. 결론은
늘 같았다. 그러니까 통일이 안 되지!

하지만, 그런 정도의 허리케인은 혈압약 한 알이
면 깔끔하게 해결되니, 그걸로 죽을 정도는 아니다.
나는 잽싸게 혈압약을 챙겨 먹었다.

그리고 저녁을 맛있게 먹고, 소주 한 잔 맛나게 먹
고, 저녁 뉴스를 보며 군시렁군시렁 욕을 해댔고, 그
러다가 잤고… 그리고 죽은 것이다.

도대체 나는 왜 죽은 것일까? 어쩌면, 너무 심심해
서, 그날이 그날인 세월이 지겨워서, 짜릿한 변화라
고는 쥐뿔도 없는 생활이 따분해서… 그런 지극히 실
존철학적(?)인 이유로 죽었을지도 모르지… 햇살이
너무 눈부셔서 살인을 했다는 사람도 있는 세상이니
까… 또 어쩌면, 이만하면 살 만큼 살았다, 지금 죽어
도 여한이 없다고 생각했을지도 모르지…

아무리 그래도 그렇지, 그래서 자다가 죽었다는
건 말이 안 된다.

유명한 시인 하인리히 하이네의 시에 이런 구절이
있다는 이야기를 어떤 책에서 읽었다. 아마 화가 캐
테 콜비츠가 말년에 죽음 기다리며 아들과 나눈 대

화의 한 구절이었던 것 같다.

"걱정이야, 정말 걱정이야
아침에 일어나는 게 제대로 되지 않으면 어떡하지?"

다름 아닌 내가 그 시의 주인공이 된 셈이다. 아침에 일어나는 걸 제대로 못했으니, 목숨을 걸고 시를 실천해 보인 것이다… 그렇다고 나의 죽음을 '시적 죽음'이라고 우길 생각은 없다. 시적 죽음도 결국은 시시할 테니…

양심을 걸고 말하지만, 나는 순전히 생물학적인 이유로 죽는 것 보다는 뭔가 그럴듯한 철학적이며 필연적인 이유로 자주적으로 멋있게 죽었기를 간절히 소망한다. 장엄한 죽음을 원하는 건 아니지만, 자다가 죽은 것은 너무 덧없다. 허망하다. 자다가 깨어나지 못하고 계속 잤다, 또는 깨어나 보니 죽어 있었다는 건 설명이 안 된다. 제대로 설명할 수 없는 것은 모두 허망하다.

나로 말할 것 같으면, 죽음에 대해서 나름대로 많은 공부를 했다고 자부하는 바이다. 죽음에 대해서 콩이야 팥이야 왈가왈부한 책은 닥치는 대로 손에

잡히는 대로 상당히 많이 읽었고, 장례의식이나 무덤 양식의 역사적 고찰도 제법 했고, 종교들은 죽음을 어떻게 해석하고 전도에 활용하는가, 동물들은 죽음을 어떻게 받아들이는가, 식물도 자살하는가 등등도 나름대로 연구해봤다. 남들이 안 하는 것도 많이 생각했다.

역사적으로 훌륭한 사람들이 어떻게 죽었는가, 마지막 남긴 말은 무엇인가를 시시콜콜 조사하기도 했고, 두꺼운 우리말 사전을 샅샅이 뒤져가며 죽음에 관한 우리말을 수집하기도 했다. 여행을 다니면서도 진시황의 병마용갱이나 피라미드 같은 무덤을 부지런히 찾아다녔다. 영화나 드라마, 소설 등에 나오는 죽음의 장면을 유형별로 분석하기도 했고, 할리우드 서부영화에서 주인공이 총을 맞고 완전히 죽기까지 얼마나 걸리는가를 영화 별로 분석하기도 했다.

연구해보니, 역사에 이름을 남긴 영웅호걸이나 위인들도 모두가 멋있게 죽은 것은 아니었고, 죽음을 뜻하는 우리말은 참으로 많았다. 죽다, 사망하다, 돌아 가다, 숨을 거두다, 눈을 감다, 타계, 별세, 영면, 소천, 절명, 열반, 선종(善終), 좌망(座亡) 같은 중립적인 낱말부터 붕어, 승하 같은 높임말에다 뒈지다, 뻗다, 골로 가다, 고태골 가다, 황천길 가다, 밥

숟갈 놓다, 칠성판 베다, 꼴까닥하다⋯ 병사, 사고
사, 자연사, 안락사, 과로사, 고독사, 돌연사, 질식
사, 뇌사, 객사, 비명횡사, 전사(戰死), 익사⋯ 복상
사⋯ 학살, 교살, 교수형, 참수, 육시, 능지처참, 부
관참시⋯ 자살, 자결, 자진, 투신, 음독, 분신, 극단
적 선택 등 등등⋯

말하자면, 그렇게 나는 죽음의 간접적 전문가가
된 셈이다. 책을 써도 될 판이었다. 책 제목은 <죽음
을 사귀다> 또는 <마지막 춤은 죽음과 함께> 정도가
무난하겠다는 데까지 생각해 놓았다.

그러는 동안에 나도 모르게 죽음에 가까워졌다.
죽음이라는 시각으로 바라보는 세상은 지금까지 알
았던 것과는 전혀 다른 별천지였다.

아무튼 그렇게 열심히 연구 분석 검토를 거듭한
끝에 얻은 결론은, 살면서 내 맘에 든 일이 별로 없었
으니 죽는 것만은 내 맘에 들게 죽자는 것이었다. 태
어나는 것도 내 뜻과는 상관없었고, 죽는 시기는 하
늘이 정하시는 일이니 어쩔 수 없는 일이고⋯ 죽는
일만은 내가 원하는 대로 하겠다는 생각이었는데⋯
그때 내가 기댄 명언은 폴 발레리의 말씀이었다.

"용기를 내어 그대가 생각하는 대로 살지 않으면
머지않아 그대는 사는 대로 생각하게 된다."

이 멋진 말씀을 빌려, 나는 내가 생각하는 대로 죽고 싶었다. 그런데 겨우 자다가 죽다니! 억울해서 자다가도 벌떡 일어날 노릇이었다.

그나마 주위사람들 괴롭히지 않고 죽은 것은 다행이었다. 그건 내가 원하는 죽음의 방식 중에 아주 작은 하나였으니까. 짐승들은 거의가 혼자서 위엄을 지키며 죽는다지…

아니다, 억울해서 안 되겠다. 내가 원하는 모습으로 다시 죽어야겠다. 다시 죽으려면 일단 다시 살아나야겠지? 아, 멋진 시가 떠오른다. 중요한 순간이면 시가 떠오르는 것이 참 신기하다.

"바람이 분다
살아야겠다."

여기까지 쓰고 보니, 도대체가 내가 죽은 건지 살아있는 것인지 몽롱하다. 온 몸이 땀투성이다. 서둘러 소주 한 잔을 마셨다. 다시 잠들기는 글렀다. 곧 날이 밝으려나… 하이네의 시를 다시 중얼거린다. 아, 시는 왜 이렇게 죽음과 가까이 있는 것일까.

"걱정이야, 그래 정말 걱정이야
아침에 일어나는 게 제대로 되지 않으면 어떡하지?"

내가 한 때 부러워한 것은 스콧 니어링(1883-1983)의 죽음이었다.

"이젠 그만 살겠다."고 자기 죽음의 시기를 스스로 정하고, 인간으로서의 존엄을 지키며 굶어죽은 그이는 이렇게 말했다.

"나는 죽음의 과정을 예민하게 느끼고 싶다. 나는 되도록 빠르고 조용하게 가고 싶다."

스콧의 유언은 담백하지만 간절하다.

"인생의 마지막 순간이 오면, 나는 자연스럽게 죽게 되기를 바란다.

나는 병원이 아니고, 집에 있기를 바라며 어떤 의사도 곁에 없기를 바란다.

…(줄임)…

그럴 수 있다면 나는 죽음이 가까이 왔을 무렵 지붕이 없는 열린 곳에 있고 싶다. 그리고 나는 단식을 하다 죽고 싶다. 죽음이 다가오면 음식을 끊고 마찬가지로 마시는 것도 끊기를 바란다.

…(줄임)…

죽음은 광대한 경험의 세계, 나는 힘이 닿는 한 열심히 충만하게 살아왔으므로 기쁘고 희망에 차서 간다. 죽음은 옮겨감이거나 깨어남이다. 삶의 다른 일

들처럼 어느 경우든 환영받아야 한다." - 스콧 니어링의 유언

하지만 스콧은 나이가 너무 많았다. 100세라니! 나는 그렇게 오래까지는 살고 싶지 않았고, 그렇게 길게 살 자신도 없었다. 나는 100세 시대라는 말을 믿지 않았다.

단지 인간의 존엄을 지키며 죽고 싶었다. 추하게 죽고 싶지 않았다.

죽음을 맞이하는 스콧의 곁을 마지막 순간까지 지킨 것은 정신적 동지이자 사랑하는 아내 헬렌이었다. 아메리칸 인디언의 노래를 조용히 부르며…

"나무처럼 높이 걸어라
산처럼 강하게 살아라
봄바람처럼 부드러워라
네 심장에 여름날의 온기를 간직해라
그러면 위대한 혼이
언제나 너와 함께 있으리라"
-아메리칸 인디언의 노래

나도 그렇게 평화롭게 죽었으면 좋겠다. 평화롭게

웃으며, 죽음의 과정을 예민하게 느끼며 되도록 빠르고 조용하게…

"기쁘게 살았고
기쁘게 죽으리
나는 내 의지로 나를 버리네"
- 로버트 루이스 스티븐슨

그런데, 나는 나도 모르는 새에 죽었다. 아침에 깨어나 보니 죽어 있었다. 그러니 죽어도 죽은 게 아니다. 창피하다. 내가 원하는 방식으로 다시 죽어야겠다. 다시 죽으려면 일단 살아나야겠지?

나는 결국 그렇게 죽었다. 나도 모르는 새에 죽어 있었다.

감사하기 사죄하기

여러분 감사합니다. 참말로 감사합니다. 두루두루 바쁘실 텐데, 소생을 위해서 이렇게 와주시니 정말로 너무나 고맙습니다.

먼 길 오시느라 고생들 많으셨지요. 뜻밖에 산불이 나는 바람에 사방의 길들이 막혀 고생이 이루 말할 수 없으셨을 텐데… 시간도 엄청 걸리고, 짜증도 많이 나셨을 텐데… 되돌아가지 않고 이렇게 와주시니, 뭐라고 말씀 드려야 할지…

이렇게 귀하신 분들을 오시라 가시라 해서 죄송스럽기 짝이 없습니다. 죽을 병에 걸리니 한정 없이 뻔뻔스러워지는 모양이네요. 와락 외롭다는 생각에 겁이 나기도 하고 말입니다… 그동안 신세진 분들에게 감사의 말씀도 전하고, 미안했던 분들께는 엎드려 사죄해야겠다는 생각도 들고…

에, 오늘은 고마운 분들에게 감사의 인사를 드리고 싶어서 이렇게 자리를 마련했습니다. 사죄의 자리야 한 분 한 분을 따로따로 정성껏 만나 뵙는 것이 마땅하겠지만, 감사의 자리는 좀 단체로 해도 될 것 같아서 이렇게… 널리 이해 해주시기 바랍니다. 차린 것은 냉면에 갈비 정도입니다만… 맛있게 드시면서 즐거운 시간 가지시기를…

이미 다들 아시겠지만 저는 죽을병에 걸렸습니다. 숨기고 싶었지만, 발 없는 소문이 단숨에 천리를 가버리니…

앞으로 살 날이 얼마 남지 않았다는 의사의 말을 듣는 순간, 나는 "야, 이 돌팔이 놈아" 라고 소리치며 그 의사를 들이받아 버렸습니다. 그 의사놈이 내 친구였거든요. 그리고는 주저 앉아버렸지요. 별 수 있나요.

그리고는 다른 사람들과 꼭 마찬가지였죠. 왜 하필이면 나냐? 항의, 부정, 절망, 지랄발광, 포기, 기도…

그리고 남은 가족들을 위해

말끔하게 정리하고 가자

아무런 흔적 남기지 말고 깨끗하게

그렇게 마음먹기까지 정말 오래 걸렸습니다. 그거 참 쉽지 않더구만요.

그리고 내 주위를 돌아보니… 원 세상에, 참말로

지저분하데요. 더럽기 짝이 없어요. 왜 이다지도 너저분하게 살았는지… 무슨 놈의 쓰잘데 없는 물건이 이렇게도 많은지! 무슨 놈의 책은 왜 그리 많은지! 아예 읽지도 않은 책도 많아요. 한심하지요. 이걸 그대로 두고 가버리면, 집사람이나 아이들이 얼마나 힘들까 생각만 해도 한숨이 나는 겁니다.

기증할 건 기증하고, 버리고 또 버리고 있습니다. 한도 끝도 없이 버리고 또 버리고… 하기야, 살면서 이삿짐 싸고 푸는 일도 생지옥 같은 고생인데, 저야 좀 멀리 떠나야하는 판이니…

어디 그뿐인가요. 허름한 또랑글광대 주제에 이것 저것 끄적거려놓은 것은 왜 또 그리 너저분하게 많은 지… 뒤적거려보니 몽조리 허접쓰레기 투성이라… 참 한심하데요. 인생 헛살았다 싶은 자괴감도 들고… 낙담하여 소주를 들이켜봐도 깨어나면 마찬가지…

죽으면서 모든 작품을 모두 불 태워버려 달라고 친구에게 부탁했다는 카프카의 심정이 조금은 이해 되더군요. 모르긴 해도 대단히 간절했을 겁니다. 아 죄송합니다. 또랑글광대 주제에 감히 카프카와 비교 하다니!

아무튼 그래서… 글이 들어 있는 컴퓨터를 아예 박살내버리려고 도끼를 들고 설치니… 집 사람이 울

면서 말리네요. 그래도 혹시 모르니 쓸만한 글은 가족을 위해서 남기라고…

쓸만한 놈 하나도 없다니까, 다시 한 번만 잘 살펴보라고… 혹시 나중에라도 책으로 내서 잘 팔리면, 인세로 남은 가족들이 편할 수도 있지 않느냐고, 카프카 친구가 작품을 불태우지 않은 게 얼마나 잘 한 일이냐고…

그러니 어쩌겠습니까. 요새는 컴퓨터를 노려보면서 넣었다 뺐다 뺐다가 도로 넣었다가… 그러느라고 아주 죽을 지경이올시다. 어찌 보면 쓸만한 것 같기도 하고, 다시 보면 허접쓰레기인 것 같고… 젠장 내 인생도 이런 꼬라지 아닐까 싶어 눈물 나고…

그러다가 문득 이런 생각이 드는 겁니다. 물건만 정리할 것이 아니라, 그동안 살아오면서 맺은 인간관계도 말끔하게 정리하고 가야하는 거 아닐까. 그까짓 하고픈 일을 적은 버킷 리스트 따위보다 이게 더 중요하고 급한 일이로구나… 그런 생각이 퍼뜩 드는 겁니다.

아마 그 무렵에 읽은 신문기사도 자극이 되었을 겁니다. 일본에서는 생전에 자기 장례식을 즐겁게 치르는 사람이 늘고 있다는 기사…

허허, 죽을 날이 얼마 남지 않으니 이제사 철이 드는지 원… 그래, 최소한 남에게 폐는 끼치지 말자! 고마움도 챙기고, 사과할 건 사과하고…

그 길로 집사람과 아이들을 한 자리에 불러모아놓고… 미안하다고 잘못했다고 엎드려 사죄하고, 고맙다고 꼭 껴안아줬죠. 모두들 울데요.

기뻐서 울고

서러워서 울고

안타까워서 울고…

그리고 오늘 이 자리에서 이렇게 여러분들과 이별잔치를 하고 있는 겁니다.

계속 잔치판 벌릴 생각입니다, 몇 번이나 더 할 수 있을지는 모르겠지만… 아이구, 꼽아보니 고마운 분이 왜 그렇게 많은지요. 놀랬습니다. 그러고 보니 내 혼자 힘으로 살아온 게 전혀 아니더라구요. 그런 것도 모르고 고개 빳빳이 쳐들고 살며 시건방지게 우쭐거렸으니… 세상에 바보도 그런 바보가 없지요.

엎드려 사과해야할 분도 어찌 그리 많은지… 따져보니까, 평생 주위 사람들 괴롭힌 덕에 가까스로 살아온 불쌍한 중생이었는데, 그것도 모르고… 주위 사람들 더 괴롭히지 말고 빨리 가자.. 그런 생각도 듭니다, 그럼요.

아, 물론 아프지요. 괴로울 때가 많지요. 캄캄한 밤중에 폭풍처럼 통증이 밀려오면 정말 힘들어요. 하지만 병원 신세는 지지 않기로 했습니다. 아파도 이 악물고 견디며 혼자서 아플 생각입니다. 내 몸은 내가 제일 잘 알지요. 언제 끝날지도 알 수 있을 것 같아요, 본능적으로…

약물과 기계 힘에 기대 구차스럽게 살고 싶지는 않네요. 그렇게 매달린다고 얼마나 더 살겠습니까? 힘들어도 이겨내야죠. 생각해보면 충분히 오래 살았어요. 백세 시대라지만 누구나 백세까지 살아야 하는 건 아니지 않습니까?

아이구, 죄송합니다. 이렇게 귀한 분들을 모셔놓고, 징징거리는 소리만 늘어 놓고 있으니…

이렇게 여러분들을 뵈니 정말 좋네요. 기운이 납니다. 조금이라도 더 살았으면 좋겠다는 생각이 살짝 들기도 하네요. 사실 시한부인생이라는 게 나쁘기만 한 건 아닙니다. 남은 날들 하루하루를 또박또박 정성껏 살 수 있으니 고맙지요. 아침에 일어나서 아, 오늘도 살아있구나… 고맙습니다, 감사합니다.

그나저나 어쩌면… 오늘이 여러분 마지막으로 뵙는 날일지도 모르겠네요. 물론 다시 또 뵙기를 바랍니다만…

화장해서 태평양 바다에 뿌려달라고 단단히 부탁을 했습니다. 어쩐지 흔적을 남기고 싶지 않아서요, 그런데, 이왕에 화장을 하려거든 화장전문가에게 부탁해서 화장을 멋지게 잘해서 화장을 해달라고 부탁했더니, 집사람이 웃네요, 슬프게 웃어요. 그런 걸 요새말로 웃프다고 하나요?

아무튼, 그래서 오늘은 제가 노래도 부르고 우스갯소리도 좀 하고 그럴랍니다. 원맨쇼 본다고 생각하시고 즐겨주세요, 박수도 많이 쳐주시고… 사실은 제 감사의 마음을 어떻게 전해야 할지 잘 몰라서…
살면서 감사하는 법을 배운 적이 없어서 말입니다.

자, 그럼 본격적인 순서로 들어가겠습니다. 그에
앞서 시 한 수 읽겠습니다.

아메리칸 인디언의 구전 시입니다. 제목은 <천의
바람>이에요. 이 가사에다 일본 사람이 곡을 붙여 노
래로 부르기도 했지요.

나의 무덤 앞에서 울지 말아요.
그곳에 나는 없어요. 잠들어 있지도 않아요.
천 개의 바람, 천 개의 바람이 되어
저 넓은 하늘을 흘러가고 있어요.
가을엔 빛이 되어 들녘에 내려 비추고
겨울엔 다이아몬드처럼 반짝이는 눈이 되지요.
아침엔 새가 되어 당신을 잠 깨워주고
밤에는 별이 되어 당신을 지켜줄게요.

나의 무덤 앞에서 울지 말아요.
그곳에 나는 없어요. 죽은 것이 아니에요.
천 개의 바람, 천 개의 바람이 되어
저 넓은 하늘을 흘러가고 있어요.

263

삶의 다른 말

"삶의 다른 말이 외로움이라는 것… 그걸 깨우치는데 한 평생이 걸렸구먼… 아무 것도 없는 어두운 데서 혼자 오둑허니… 그나마 이렇게 가까스로 깨우쳤으니 큰 복이로세…"

스승님께서 눈 감으시기 얼마 전에 남기신 말씀. 혼잣말처럼 아주 작고 힘없는 목소리로 말씀하셨다고, 병상을 지키던 따님이 슬프게 눈물 젖은 음성으로 전해 주었지.

"말을 너무 많이 했어. 아무 짝에도 쓸 모 없는 말을… 부끄러워…"

그런 말씀도 하셨다는데…

외로움이라니! 무슨 말씀이신가? 그렇게 많은 일을 훌륭하게 이루시고, 그렇게 많은 이들을 잠에서 깨워 일어서게 하셨는데… 외로움이라니, 부끄러움이라니… 도무지 이해가 되지 않았네. 그때는 정말 그랬었지. 기를 쓰고 '움' 자 돌림 낱말들을 피해 다니던 시절. 그렇다고 피해지는 건 전혀 아니었지만…

　외로움, 그리움, 허허로움, 안타까움

　가벼움, 무거움, 차거움, 뜨거움

　지겨움, 번거로움, 역겨움, 두려움

　괴로움, 어려움, 껄끄러움, 무서움, 놀라움

　미움, 싸움, 부러움, 간지러움, 어지러움

　서러움, 애처로움

　부끄러움, 쑥스러움, 뻔뻔스러움…

　그리고 세월이 한참 지나 이 나이 되어서야 이제
사 어렴풋이나마 알 것 같네, 외롭다는 부끄럽다는
말씀의 깊은 뜻을… 그 말씀 속뜻을 알아차리는데 참
오랜 세월이 걸렸구면, 부끄럽게도 긴 세월….

　내게 '삶의 다른 말'이란 무엇일까? 어떤 시인은
'아픔'이라고 노래했는데, 나는 뭐라고 대답할까?
생각하고 또 생각하노라니 어느새 새벽이 밝아오네.
헛꿈에 취해 덧없이 흘려보낸 세월, 세월, 긴 세월…

　외로움

　그리움

　괴로움

　노여움

　놀라움

서러움

애처로움

아쉬움

부끄러움

그렇게도 피하고 싶었던 '움' 자 돌림 낱말들이 파도처럼 밀려드는 요즈음… 왜 하필이면 '움' 자 돌림이었을까? 다른 글자 돌림 낱말도 많은데…

친구가 웃으며 가리키는 곳으로 눈 돌리니 바람 불고, 아 제대로 보이네. 역시 친구는 참 좋아, 좋은 친구!

반가움 즐거움 고마움

가까움 귀여움 아름다움 고움 사랑스러움

정겨움 새로움 부드러움 너그러움

따사로움 새삼스러움

그리고 마침내 나다움

드디어 사람다움…

곡비 춘서리

곡비(哭婢) 춘서리(春雪)의 애절하게 가슴을 파고드는 울음소리는 팔도에 널리 알려져 모르는 이가 없었다.

그 울음소리는 도저히 사람의 소리라 할 수 없이 신묘하고, 구곡간장 녹아내리는 아리고 저린 맛이 절묘하기 그지없어 산천초목도 부르르 몸을 떨며 함께 흐느껴 울었다.

어찌 타고 났는지, 높은 울음이건 낮은 흐느낌이건 청아하고 조금도 흐트러짐 없이 곧아 아주 멀리까지 퍼졌고, 몇 날을 내리 울어도 조금도 목이 쉬는 법이 없으니, 신께서 내린 소리라고밖에는 달리 표현할 말이 없다.

어떤 이는 저승사자가 숨겨놓은 딸이라 하고, 또 어떤 이는 염라대왕의 손녀라고 하기도 했다.

뿐만 아니라, 울음소리 속에 얽히고설킨 사연이 구절양장 가득하니, 곡중유시(哭中有詩)라는 칭송이 자자하였다.

춘서리의 본디 이름은 '봄눈'이라, 상것 이름에 무슨 깊은 뜻이 있으랴, 그저 봄눈 녹을 무렵에 태어났다 하여 '봄누니'라 불렀는데, 노비문서에 이름 올릴 적에 이왕이면 언문보다야 진서가 좋겠다 하여 '춘설(春雪)'이가 되었다.

춘서리의 맑고 짙은 곡소리를 들으면 죽은 이가 험하디 험한 꼬부랑 황천고개를 웃으며 수월하게 넘는다는 소문이 자자하게 퍼지자, 명문가 정승판서 댁들이 상을 당하면 저마다 춘서리의 곡소리를 찾아 모시려 다투는 일이 잦아졌다. 돈은 얼마라도 좋으니 부디 와서 울어만 주십사 미리 약조를 받아두려고 뚜쟁이를 동원하기도 했다.

하지만, 춘서리는 흔들리지 않고 눈 감은 순서대로 곡을 했다. 아무리 벼슬이 높아 나르는 새를 떨어트릴 지라도 저승고개를 새치기로 넘는 법은 없다고 굳게 믿었다.

허세 겉치레 잔뜩 거들먹거리는 대갓집 상례에는 어쩐지 가고 싶지 않았다. 마지못해 억지로 불려가도 곡소리가 제대로 나오지 않았다. 물론, 베로 된 너울을 쓰고 곡을 시작하면 있는 힘을 다하려고 애를 썼다. 모든 망자는 다 같이 중하기 때문이다.

그에 비해 가진 것 없어 가난하고 헐벗은 이웃들의 억울하고 안타까운 죽음 앞에서는 제대로 된 울음이 저절로 터져나왔다. 특히 어린아이의 안타까운 죽음, 어린 목숨 남기고 떠나는 젊은 엄마의 죽음은 그냥 지나치지 않았다. 모른 척 지나칠 수가 없었다.

나라에서는 서인(庶人)들이 곡비 부르는 것을 사치라 하여 금하였으나, 춘서리는 개의치 않고 그런 상가를 먼저 찾았다. 울어줄 사람조차 마땅하게 없는 죽음이 세상에는 얼마나 많은지… 마지막 가는 길에 무슨 귀천이 있을 것이며, 상반의 구별이 있으랴…

본디 울음공양이란 죽은 이에게 바치는 비나리 같은 것이라, 죽은 이를 알고 거기에 맞춰 진심으로 울어야 제대로 우는 것이라. 아무렇게나 무작정 큰 소리로 울어대는 것은 그저 갈가마귀 울음에 지나지 않는다. 무조건 큰 소리로 울어도 안 되고, 무작정 오래 끄여끄여 질척거린다고 되는 것도 아니다.

춘서리는 유족의 울음소리를 들으면 진정인지 아닌지, 얼마나 가슴이 아픈지 얼마나 서글픈지 단박에 알았다. 뿐만 아니라, 때로는 산 사람의 얼굴에 깃든 그림자를 읽어내기도 했다.

한참을 우노라면, 저승고개를 넘어가는 망자의 모습이 보였다. 너울너울 춤 추며 넘는 이, 쩔뚝쩔뚝 엉금엉금 힘겹게 겨우 넘어가는 사람, 뒤돌아보고 또 돌아보며 한숨 내쉬는 자, 기어코 안 가겠다 못 가겠다고 발버둥치는 사람… 살아생전의 모습이 고스란히 담겨 있다.

춘서리는 말했다.

"예로부터 불효를 뉘우치는 뜻으로 곡소리가 끊이지 않도록 했다지만, 대저 곡이란 산 사람들 체면치레로 하는 것이 아니요, 죽은 이를 어루만지는 일이다. 그러므로 마음을 다해야 하느니라. 나는 그렇게 안다."

"이승과 저승 사이에 있는 고개는 험하고 또 험해서 울음 없이는 넘을 수 없다. 울음에는 지극한 슬픔이 담겨 있지만, 동시에 슬픔을 치유하는 힘을 지나기도 한다."

"나는 그저 미천한 울음광대일 뿐 다른 것은 모른다. 다만 때때로 눈물 속에 아른거리는 죽음의 세계를 본다. 죽음과 울음은 한 몸이다."

그래서, 춘서리는 생판 모르는 자리에 불려가 곡하는 일을 무척이나 힘들어 했다. 그런 자리에 다녀오고 나면 오래 몸져눕곤 했다. 억지 울음은 춘서리를 긁아먹었다.

춘서리의 어미는 어렸을 때 세상을 떠났고, 아비는 누군지도 모른다. 그런 아이를 온 동네 사람들이 제 자식처럼 돌보며 키웠다. 어미가 눈도 제대로 못 감고 숨을 거두었을 때 춘설이 나이 겨우 세 살이었다. 그 때 춘서리가 어미 젖통을 부여잡고 기묘한 소리로 울었는데, 그 곡소리가 도저히 사람의 소리가 아닌 하늘에 가닿는 소리였다. 듣는 사람마다 무릎을 바로 세울 수가 없었다고 전한다. 마을 사람들은 춘서리가 하늘이 내리신 아이라고 믿고 힘을 모아 키웠다.

춘서리의 곡소리는 그렇게 타고난 것이다.

춘서리의 곡소리가 드디어 하늘과 통한다 하여 사람들은 천곡(天哭)이 또는 천괴기라고 부르기도 했다.

춘서리의 곡소리는 그렇게 타고난 것이다. 그이는 울기 위해 태어난 사람이었다.

춘서리는 곡을 하면서 숱한 죽음을 보았다. 죽음의 모습은 그야말로 각양각색 천차만별 저마다 달랐다. 망자의 얼굴도 그렇게 저마다 달랐고, 냄새도 제

각각이었다. 참 신기하게도, 거기에 따라 곡소리도 달라지곤 했다.

당당하고 좋은 죽음은 아주 드물고 귀했고, 거의 모든 죽음은 비루하고 누추하고 추악하고 보기 싫었다. 가진 것 많고 벼슬 높은 놈일수록 추악하게 발버둥친 흔적이 고스란히 남았다. 냄새도 고약했다. 무거운 새는 날지 못하는 법이다.

개똥밭을 굴러도 이승이 좋다지만, 저승길 죽음 앞에서 인간은 얼마나 나약하고 누추한가.

죽음이란 본디 그런 것이라고 춘서리는 생각했다.

*   *   *

춘서리 소문은 바람을 타고 대궐 안으로도 들어가 임금님 귀에도 들어가, 드디어 안타깝게도 별안간 타계하신 중전마마 장례에 불려가 곡을 하기에 이르렀다.

천한 상것 곡비 주제에 감히 궁궐에서 임금님 앞에서 곡을 하다니 있을 수 없는 일이었지만, 춘서리의 곡소리는 그만큼 영험했다. 도저히 사람의 소리가 아니었다.

어전에서 춘서리는 온 몸과 마음을 다 바쳐 진심

으로 울고 또 울었다. 하늘에 통하도록 울었다. 잘 모르는 이를 위해 그렇게 서럽게 운 것은 처음이었다. 지엄하신 중전마마 시신의 냄새와 얼굴색을 보니, 그다지 좋은 죽음은 아니었다. 속이 새카맣게 탄 나쁜 죽음이었다. 특히 냄새가 지독했다. 벼슬 높다고 삶이 평탄하고 마음 편한 건 아니라는 것, 지위가 높다고 충실하게 잘 사는 것도 아니라는 것…

그런 생각이 드니 더욱 안쓰러워 울음이 저절로 짙어졌다. 도무지 울음을 멈출 수가 없었다. 너무 슬피 울다가 까무러치고, 깨어나서 다시 울곤 했다.

그 곡소리에 임금께서도 '과연 하늘의 소리'라며 크게 감동하시어, 국곡(國哭)이라는 명예로운 지위를 하사하셨다. 벼슬이라기보다 궁궐 전속 곡비가 된 것이다. 그 때부터 사람들은 국꼬기라 부르며 받들어 모셨다. 하지만 국꼬기는 어쩐지 행복하지 않았다.

국꼬기는 곡소리로 상감마마 마음을 흔든 신분이니, 아무데서나 함부로 울 수 없었다. 마침 때가 태평성대라 궁궐에서는 죽는 이가 거의 없었다.

울어야 할 때, 울고 싶을 때 울지 못하는 건 고통이다. 울기 위해 태어난 춘서리에게는 형벌이었다. 우리에 갇힌 용 같았다. 몸부림칠수록 답답했다.

춘서리 시절이 그리웠다. 마음껏 울고 싶었다. 어

릴 적 저마다 엄마가 되어 젖 먹여 키워준 마을이모들의 죽음을 울음 없이 지켜보는 아픔은 이루 말로 할 수 없었다. 울고 싶었다. 속 시원하게 울고 싶었다.

가끔씩, 아무도 몰래 깊은 산 속에 들어가 펑펑 울었다. 답답함이 가시기는 했지만, 그건 아무래도 울음을 위한 울음이었다. 거짓 울음이었다. 죽은 이가 웃으며 저승고개를 넘도록 길 열어주는 곡소리가 아니었다. 죽음과 이어지고, 하늘과 통하는 울음이 아니었다.

"나는 울기 위해 태어난 목숨인데………"

마음대로 울지 못하는 춘서리는 하루가 다르게 야위어갔다. 울음이란 본디 그런 것, 목숨 이어주는 물 같은 것.

도저히 견딜 수 없을 지경에 이르러, 죽음을 무릅쓰고 임금님께 글월을 올렸다.

"국곡 춘설 감히 아뢰옵니다.

아무 때 아무 데서나 마음껏 울게 풀어주소서."

임금 말씀이 내려왔다.

"허하노라. 단, 너의 울음이 사치나 허세가 되지

않도록 하라. 지극하여라."

임금님의 윤허가 떨어지자 명문가의 부름이 빗발 쳤다. 정신없이 불려다니며 울었다. 원 없이 울었다.

하지만, 춘서리는 알아챘다. 자신의 울음이 어느 새 틀에 박혀 딱딱하게 굳어 있음을, 지극하지도 않 고, 물처럼 부드럽게 흐르지도 않음을… 사람들은 전혀 눈치 채지 못했지만, 스스로를 속일 수는 없었 다. 아팠다.

춘서리는 진심으로 바랐다. 어린 시절 엄마가 죽 었을 때 속에서 터져 나왔던 울음, 그런 곡을 한번이 라도 더 해봤으면…

이왕에 울기 위해 태어난 몸이라면, 가장 울음다 운 울음을 한 번이라도 울어보고 싶다는 욕심도 생겼 다. 아무 것도 남기지 않고 깡그리 쏟아내는 울음… 구곡간장 토막 나고 가슴 갈갈이 찢어지고… 그 아 무도 대신 울어줄 수 없는 그런 울음… 엄마 젖무덤 부여잡고 토해냈던 그 맑고 깊은 울음보다 더 절절한 울음… 세상에 오직 하나 뿐인 곡소리…

누구의 죽음 앞에서 그런 곡을 할 수 있을까?

내가 죽으면 누가 나를 위해 곡을 해줄까? 저승고 개 잘 넘도록 누가 울어주려나?

진짜배기 울음을 울고 싶은 만큼 아름다운 죽음

도 보고 싶었다. 아직까지 그런 죽음을 보지 못했다.

깊은 산골 자그마한 암자에 살다가 좌망(坐亡)하신 노스님의 모습은 참 좋아 보였다. 울음이 저절로 터져 나와 산속 가득 울려 퍼졌다. 하지만 그 죽음을 완벽하다고 말할 수는 없다. 온전하게 가득 찬 죽음이란 없는 법이다. 그런 죽음에는 곡도 필요 없을 것이다.

*　　*　　　*

폭포 소리 우렁찬 바위에 단정히 앉았다. 가끔 찾아와서 울던 곳이다. 물이 떨어지며 울어대는 소리가 스산한 바람소리에 뒤섞여 귀가 먹먹하다.

'내 곡소리가 저 요란한 아우성을 뚫고 하늘에 가닿을 수 있으려나? 제발 그랬으면…'

춘서리는 넋 놓고 울기 시작했다. 엄마 생각을 하며, 온 세상 사람들의 고단한 삶을 어루만지며 울었다. 울고 또 울고 또 울었다.

울고 또 울다보니 드디어 모든 소리를 뚫고 하늘로 치솟는 것을 느꼈다. 온 몸이 무섭게 떨렸다.

삶과 죽음은 결국 이어져 있다는 것,

살아서도 죽고, 죽어서도 살고

그럴 수 있다는 것…

아득해졌다. 모든 것이 한꺼번에 와르르 무너져 내리는 것 같았다.

그 후로 춘서리를 보았다는 사람은 아무도 없었다.

다만, 마음을 열고 들으면, 깊은 밤 무거운 어둠을 뚫고 들려오는 애절한 소리를 춘서리의 곡소리, 죽음을 이겨내는 울음소리라고 사람들은 믿었다. 세상이 어지러워 억울하게 죽는 사람이 많을수록 그 곡소리도 한결 더 애처롭게 들린다고 사람들은 믿었다.

사람들은 어쩐 일인지 요즘 들어 춘서리의 곡소리가 유달리 애절하고 날카롭게, 그리고 자주 들려와 앙가슴에 박힌다고 아주 작은 목소리로 수근거렸다.

꿈꾸러기의 꿈

"표현은 단순하게 내용은 풍부하게" - 조각가 김종영

"모든 것은 더 이상 덧붙일 것이 없을 때가 아니라, 더 이상 뺄 것이 없을 때 마침내 완성된다." - <어린 왕자>의 아버지 생텍쥐페리

스승님들의 가르침대로 하고 싶은데 잘 안 된다. 빈 수레가 요란하다는 속담처럼 쓸데없이 말이 많아진다.

시, 소설, 수필, 희곡… 그런 틀에서 벗어나고 싶다는 꿈을 버리지 못한다. 그래서 짧은 글 쓰기에 매달리게 되는 것 같다.

손에 들고 있는 전화기의 노예(?)로 화려하게 변신한 젊은이들이 긴 글은 안 읽는다는 말을 듣고 짧은 글을 쓰려는 것은 결코 아니다.

나이를 먹으면 꼰대가 되는 건 당연한 노릇인데, 이왕이면 '그럴듯한 꼰대'가 되겠다고 마음먹으니 말과 글이 조금은 짧아지는 것 같기는 하다.

또 하나의 꿈은 '쉽고 좋은' 글을 쓰는 일, 길건 짧건 재미와 의미를 두루 갖춘 글을 쓰는 일이다. 부디 이루어지기를 바라고 또 바란다. 그 야무진 꿈을 잃지 않으려 애쓴다.

또 한 가지 마음 쓰는 일은 스승님 잘 모시기다. 마음의 스승님들의 가르침을 되새긴다. 되새기고 또 되새긴다.

극작가 김희창 선생님은 나의 스승님 중의 한 분이시다. 하늘나라에 계시면서도 말없는 가르침으로 생기를 주시는, 영원한 스승님이시다. 직접 만나 뵙고 가까이 모시면서 가르침을 받은 기간은 매우 짧았지만, 스승님의 온기와 그림자는 늘 나와 함께 하고 있다. 좀 더 정성껏 뫼시면서 많은 가르침을 받지 못 한 것이 못내 안타까울 따름이다.

선생님을 생각하면 가슴이 아려온다. 마음을 다해 뫼시지 못한 것은 물론이고⋯ 사람 구실 제대로 못한 부끄러운 일투성이다. 한스럽다. 사람답게 살기를 하늘나라에서 바라고 계실 텐데⋯

참으로 많은 것을 배웠다. 선생님께서는 학교에서 가르치는 것 같은 그런 것이 아니고, 말 없는 가운데 사람답게 사는 지혜와 예술의 참모습 등을 가르쳐 주셨다. 내가 글을 쓰는 동안 언제까지나 서슬 퍼런 가르침으로 남아 있었으면 좋겠다. 정말 좋겠다.

선생님께서는 내가 드린 편지에 거르지 않고 답장을 보내주셨다. 아주 특별한 경우가 아니고는 반드시 다정한 글월을 보내주셨다. 때로는 준엄한 가르치심을 적어 보내시기도 하셨다.

삶이 고달프고 팍팍할 때, 게을러질 때면, 선생님의 편지를 꺼내서 차근차근 꼭꼭 씹어 읽는다. 읽는 동안에 마음이 푸근해지고, 새로운 힘을 얻는다. 축 늘어진 심신이 파릇파릇 되살아나는 느낌이다.

선생님 편지 중에서 몇 구절을 많은 이들과 나누고 싶다.

"藝術 앞에는 가장 謙遜해야 하고 사람 앞에는 가장 傲慢해야 합니다. 傲慢해야 붓을 들 수 있는 것이고 謙遜해야 좋은 藝術이 나올 수 있는 것입니다.
마음껏 오만해지길 충심으로 바랍니다."

"이러니 저러니 하지 말고, 이론이 어떻거나 말거나, 사람들이 어쩌거나 저쩌거나, 자신의 마음에 들거나 안 들거나 아무 상관 말고 '미련스럽게' 써 가는 것입니다. 창작에 있어서 '미련스럽다'는 것은 가장 중요한 것이라고 생각됩니다."

"많은 作品을 내도록 하십시오. 많이 써야합니다. 걸작을 내놓겠다 하기 이전에 우선 써야합니다. 걸작이라거나 남을 作品이라는 것은 作家 자신이 정하는 것이 아니라 남들이 정하는 것이고 자연히 되어지는 것입니다. 다음 作品을 기대합니다."

"어느 사람 自體가 藝術일 때, 그 사람 生活 自體가 藝術일 때 얼마나 좋겠습니까. 이것은 만들어 되는 것도 아니고 공부해 되는 것도 아니고 自身에서 우러나야 하는데, 그 위에 精神과 生活(먹고 사는 데)에 여유가 있어야 하니 얼마나 어렵습니까."

무슨 말을 더 보태랴. 그저 더도 말고 덜도 말고 선생님 말씀을 조금만 아주 조금만이라도 실천하며 살고 싶다.

이천이십일년 가을날
미국땅 나성골에서
장소현 절